Damien Mohn

En apnée dans un rêve.

Illustration : damienmohn.com

SOMMAIRE

- En apnée dans un rêve
- Le ranch
- Promenade solitaire
- L'effet kisscool
- Egaré
- La maison de paille
- Au pied des peupliers
- L'écume d'une déclaration III
- L'écume d'une déclaration IV
- L'écume d'une déclaration I
- Adultère

PRÉSENTATION

La nouvelle « En apnée dans un rêve » est associée à dix autres récits.

Dans ces récits fantastiques et parfois édulcorés d'un univers poétique, les neuf nouvelles invitent le lecteur à voyager pour susciter la question : « Et si c'était vrai ? »

Les récits permettent d'explorer l'art de la nouvelle sous différents aspects comme la cruauté, le romantisme, l'humour, la dérision.

Le livre est à l'image de l'auteur, contemplateur et sarcastique. Les brèves nouvelles parfois sous forme de lettres, prennent un malin plaisir de faire semblant de vous aimer.

Née en 1976. L'auteur livre ici, ces rêvasseries issues du quotidien.

En apnée dans un rêve.

Endormi profondément dans l'incision d'un étrange rêve, les pensées comme un moteur en marche ou l'allumage fonctionne à combustion consumant une fièvre libérée devant toutes les contraintes, le sol s'écroulait et les pierres tombaient lourdement, et par la chute improbable d'une aspiration vers le vide prodigieux d'une descente douce mais terrifiante, le vent caressait la peau mais n'ayant aucune idée de vers où menait la destination, l'orientation cherchait des repères sans jamais les trouver et cherchant à verrouiller et contrôler la situation, le songe semblait s'étaler pour s'allonger ou les limites ne seraient pas celles connues, mais seraient celles ou le mystère de découvrir resterait un mystère.

Au fur et à mesure de la transformation, je descendais toujours plus profondément, glissant sur les parois vers un monde inconnu, et le temps paraissait long comme si ayant fait un grand tour et croyant changer d'atmosphère, je me trouvais au point de départ. L'anachronisme s'étirait comme un chewing-gum pour déguiser les apparences et la sensation de nouveauté intriguait mes désirs comme si une lumière venue du ciel illuminait l'agréable surprise d'être arrivé sur les lieux, et que devant ce marbre noir zébré de voile blanc, l'étonnement rendait heureux pour faire parti d'un tout, mais enfermé dans le rêve, la contradiction de ne pouvoir sortir à mon plus grand désespoir, maintenait l'idée d'essayer de comprendre sans avoir de certitudes.

La pluie venait d'arriver, rien de ce qui semblait connu

pour délivrer les tensions me paraissait réalisable, pourtant je continuais de descendre, la pluie emportait les signes désespérés sur les chemins sinueux et dans la frénésie de ce tunnel sans fin, le vertige me murmurait à l'oreille : "Quand est-ce que cela s'arrête !?" A vrai dire, visiter cette demeure tout en m'éloignant de l'ennemi, quelle drôle d'idée qu'ont les anges que d'emprunter ce parcours pour trouver la paix.

La paroi défile sans s'arrêter, sans doute est-ce la gravitation, car il serait absurde qu'un poids descende vers le haut, pourtant croyant fermement aux lois physiques, je glisse et soudain l'image stagne et tout autour tout continu de chuter alors que je suis arrêté, alors lévitant, je lève les yeux au ciel mesurant le trajet parcouru mais les distances semblent corrompues, la nuit recouvrait le ciel et le calme ajoutait à la confusion.

Dans l'impossibilité de sortir du rêve et inconsciemment espérant être réveillé par l'alarme d'un réveil, le rêve avançait et défrichait les terrains vierges dans un acharnement déroutant, les coups de pioches creusaient les sombres mécanismes d'un monde souterrain plongé dans la nuit, ou me rapprochant du gouffre des peurs, les émotions délavaient les couleurs primaires pour y révéler un mélange d'encre arc-en-ciel, alors pénétrant l'eau la métamorphose semblait ouvrir un passage inversant les frontières, qui comme une sorte d'hypnose, qui comme une ivresse, qui comme une douleur, me tenait éveillé sans savoir qui j'étais.

La photo d'une maison sans toit vu du ciel, donnait l'aspect à ce songe d'une carcasse de baleine échouée sur la plage, alors dans l'émerveillement d'être entouré de chaleur et de dominer les émotions soudain, la chute reprenait !

Je glissais dans le vide tombant toujours plus bas, la vitesse vivifiait les sensations, l'impression cachetait dans cet algèbre que la forme venue du dehors différait de l'avenir, mais ancré dans le présent, l'impression s'agrandissait. J'aurais voulu remonter que ce soit à la corde, à l'échelle, j'aurais voulu remonter les strates pour gagner la lumière, mais je sombrais dans ce néant obscur et vu de l'extérieur, le tableau semblait projeter quelque chose que je ne comprenais pas.

La caméra semblait bouger, pourtant après un doute de rester à terre et de ne pas me relever, je voyais et je marchais. La nuit dévorait mes craintes, alors déterminé par les causes qui me portaient c'est-à-dire l'envie de retrouver la paix et de reprendre une vie normale, l'imprévu s'invitait pour bousculer l'image et la renvoyer afin de la mettre à la porte.

Assis en indien à observer la lune ou la clarté éclairait la nuit de quelques grains de lumière, me voici entrain de manger de la nourriture pour chat. Quel drôle de goût, qu'est-ce que l'on va penser ? Est-il possible d'accoucher les rêves conscients de l'inconscient ? Le dégoût me porte au cœur, et vient sorti de nulle part mais dépassant de l'horizon, une grosse tête de chat de la taille d'une montgolfière qui me dévisage avec de gros yeux noirs, et enfermé dans le rêve avec une si grosse bête, la torture éveillait en moi de vouloir reculer mais je ne pouvais pas battre en retraite, je lisais les intentions du chat, alors dans l'ombre opaque coincé dans ce bocal d'aquarium, mon tort était de rester indifférent à l'intelligence de ce chat.

Dans les plus secrètes cavités des torpeurs de la nuit, la sensation disparaissait devant l'insensibilité de tant d'ouvertures, ainsi tout s'éteignait pour recommencer. Une nouvelle histoire commençait et l'envie d'en découdre brûlait les dernières résistances, l'image allumée dans la pièce noire avec l'interrupteur peignait la scène de trois visages penchés au-dessus d'une fontaine, les portraits souriaient et semblaient voler dans les airs comme des cerfs-volants par le mouvement mécanique des mains qui s'abreuvaient d'eau. La lumière rasait les contours fins des visages, et à la clarté du contrejour, dévoilait la sauvage féminité de trois femmes se dispersant sur la place au son du clocher, les fluides se déplaçaient et dansaient comme des feux follets, les fleurs s'ouvraient et semblaient se joindre au spectacle, les volets des maisons s'ouvraient, les gens se postaient aux fenêtres pour regarder, les cheveux noirs des danseuses flottaient au vent et les yeux parlaient d'eux-mêmes, les femmes prenaient plaisir comme des danseuses de flamenco à libérer les soleils intérieurs pour aveugler les spectateurs, elles tournaient et tournaient encore à tomber à la renverse, comme des toupies, les ronds qui n'en étaient pas faisaient des petits-sauts, l'imagination dérayait pour se perdre dans les avenues de la ville, ou les profondeurs des abysses était triste de sentir le spleen couler sur les murs, et le pire n'était pas d'avoir des regrets ou de chercher à rattraper les erreurs, mais c'était d'observer de dehors, c'est-à-dire de ne pas pouvoir intervenir pour changer l'ordre des choses. Un visage s'approchait et les yeux dans les yeux à regarder la pupille se transformant en une cicatrice semblable à un œil d'un lézard, le nez pareil à une flûte semblait démesurer, et conscient de la démence mais incapable d'y remédier, la folie semblait impuissante devant la démesure et le cadre dépassait l'œuvre. L'ambition de vouloir déplacer les montagnes s'arrêtait à mes pieds, la toile opaque se noircissait d'un peu plus de couleur, et au milieu des tourbillons de poussières, des nuages se formaient sculptant des phœnix de lumières, des dragons célestes et autres chimères. Des centaines de paires de yeux rouges regardaient le paysage aussi loin que l'œil pouvait voir, alors disséminer dans le poudroiement de l'aube, le disque tirait les alliages d'or et pensant que la douceur envahissait les espaces, cette fois-ci les choses gravitaient tout autour comme un principe d'Archimède et le mouvement de bas en haut poussait les forces au nom d'une vitalité propre à exister, et noyé sous la cascade sombre éclairant les restes de la nuit, les ténèbres embrassaient l'aurore et conscient de rêver sans pouvoir m'échapper, les démons me rattrapaient et au plus fort de la tempête à rester spectateur à la place d'être acteur, je me résignais à contempler.

D'un côté un souffle de vie m'attirait vers une chaleur bienveillante, et de l'autre une force me tirait hors de la boîte pour m'opposer au chaos, le cri intérieur approuvait les douleurs et l'aspiration dépassait mes attentes. Les limites franchies, j'ouvrais les yeux allongés sur le lit et j'écoutais le silence dérangeant venu rassurer l'inquiétude grandissante. Je bougeais les bras et les jambes, le calme assaillait les reflets peints dans le pauvre petit miroir, j'avais le défaut de vouloir connaitre ce qui se cache de l'autre côté, ce monde nouveau cet endroit que les autres conçoivent sans pouvoir se le figurer et le rêve continuait à survoler les nuages, les maisons et les rues pareilles à des cartes floutés comme l'eau recouvrant le sable pour effacer les traces d'une intemporalité, les apparences se masquaient pour se mouvoir comme une algue sous le rythme des vagues, alors dans cette nébuleuse, des humains égale à des torches humaines contrastaient avec la nuit comme quelques braves crabes et crevettes au fond des océans, et dans ce mélimélo sans sembler se connaître et sans pouvoir comprendre et expliquer, animer de mélancolie, de moins en moins de choses semblaient capables d'interagir et croisant les angoisses d'avoir échoué à atteindre l'objectif, étrangement les images mentales se manifestaient positives.

Tout le centre de la plaine reflétait les lignes de couleurs découpant l'horizon, des bouts de terrain découpés en carré formaient les tableaux de peinture dignes des plus beaux chefs d'œuvres impressionnistes, les paysages semblaient exploser au soleil, le regard animé d'une rare intensité cherchait à tracer au cordeau la lumière mais s'apercevait rapidement que cela était une vaine tentative, la liberté s'échappait le long des rayons lumineux et la pénombre se dispersait dans la profondeur de la nuit.

Une tâche noire se déplaçait comme une matière vivante sur les dernières restes de couleurs et de vies pour mordre ce qui semblait être à l'horizon de la pensée, le dessein perdait de son sens, et l'illusion apparaissait comme un sujet principal sur une toile, un duel de monstres marins d'une rare violence s'affrontait sous le tambour des vagues, un chant de sirène embrassait la curiosité de connaître la raison de ce malheur, l'atmosphère froide enlaçait la lassitude de ne plus rien attendre d'autres que la reconnaissance d'être reconnue, alors dans ce melting-pot un kamikaze venu d'ailleurs arrivé par les airs fonçait droit devant pour se jeter sur le soleil, et dans un éclat sublime aveuglant les rétines, le manège cessait, la tache noire, les monstres, le chant des sirènes et le kamikaze s'effaçaient, comme une vitre s'éclaircissant devant la buée disparue, et vient que l'image se trouble pour être secouée, et comme le prolongement du rêve ne s'arrêtait pas avec le réveil ou le sommeil, le songe continuait.

Vu du ciel, le regard plongeait dans la mer et des poissons combattants flottaient à la surface, ils avançaient vers le sud, l'effet pareil à de grosses températures déformait le cadre, le carré semblait sphérique et dans cet œil de poisson regarder d'autres poissons, l'idée paraissait saugrenue, le mouvement semblait s'arrêter devant deux énormes rochers, alors préoccupé à ne pas sombrer davantage, parce qu'à forcer le regard la sensation était d'être étouffé par le manque d'espace, j'imaginais plonger en apnée et dans la descente au milieu d'un champ de tournesol marin, la camera continuait de filmer, j'avais conscience d'être d'un un rêve sans pouvoir en sortir et prisonnier du songe je voguais en totale liberté, les pentes se déroulaient et les champs solaires crachés à l'esprit une irrationalité de ce qui peut exister, c'est-à-dire un non-sens devant toutes les lois qui régissent la raison, des flammes dans l'eau, des maisons sous la mer, des poissons avec des poumons respirant sur la terre et suivant le chemin comme un fil rouge à poursuivre, les algues géantes se multipliaient formant d'épaisses forêts sous-marines, alors battant les flots au rythme des courants, toutes les formes vivantes et végétales semblaient s'agrémenter au rythme de mes actions, elles me guidaient, parfois elles jouaient, parfois elles me menaçaient, elles projetaient même le songe d'envelopper le songe dans un autre songe, et les vagues dérivaient pour se perdre dans l'immensité, et les chemins criaient la douleur d'arriver, pour ouvrir le carrefour d'une foret ouvrant sur d'autres chemins, alors la conscience cherchait à trouver son reflet et sans réponse, le songe se perdait dans un monde sans image, le houlement de la marée rugissait la puissance des éléments, les oreilles de l'océan écoutaient même les plus petits habitants, alors encensé par ce doux songe à nager avec les petits et gros poissons, je me réveillais une nouvelle fois, les bras allongés le long du corps, la tête sur l'oreiller, le souvenir venait de s'effacer mais semblait perceptible sans pouvoir être défini. A la fenêtre la nuit éclairait les étoiles, le cri d'une mouche en train de crever dans un coin dialoguait avec une autre mouche en train de crever elle aussi, les chats se battaient et miaulaient férocement à la lumière de la lune, le vent tapait sur la porte, l'horloge tournait, les pensées me dévoraient car imaginant un certain goût pour la perfection, je cessais ces questions car la vie est loin d'être un long fleuve tranquille, tout est rugueux, rien n'est lisse, de la même manière que le bonheur est inconstant, les rêves sont peut-être le miroir de notre conscience, mais à chercher à forcer la destinée, et de là naît le malheur, car à combler les besoins pour flatter les vanités devant la peur de l'ennui, le cauchemar devient réel, alors cherchant à voir dans la nuit, je me rendormais assommer par le poids de l'heure fatale. Mes paupières fermées, le dédale se poursuivait dans les galeries de détails parfaitement alignés comme un voyage sans retour, ou le passage suspendu à l'imagination des foules amortissait la bêtise, je me rassurais dans le confort de penser qu'il est bon de baigner avec les certitudes, pourtant croire se fermer et ainsi gagner en liberté me paraissait contradictoire, alors comme un pied de nez devant la situation et devant le précipice de vouloir apprendre des présages, je plongeais dans l'eau glacée nue comme un ver, l'eau turquoise rayonnait d'éclats cristallins, le corps d'une déesse m'accompagnait car prédestiné à souffrir plus qu'un autre à la rencontre d'une femme, la rencontre d'une déesse définissait la chrysalide qui ouvrait mon cœur, nous tournions le dos au décrépitement du monde en regardant les éphémérides dans le ciel, les ombres mouraient dans les striures des falaises et nos voix s'évanouissaient dans le murmure du vaste qui emportait nos passions. Le soleil semblait boire le jour, et le songe glissé vers les signes aux ailes noires que l'on trouve là où le sombre frissonne devant les extravagances des désirs, alors entouré d'écumes recouvrant nos corps vivifiés et arrachés à la mer, nous marchions nu pied sur la plage et nous avancions dans les profondeurs des contrées main dans la main, à cet instant plus rien d'autre n'avait d'importance que de sentir sa présence et de me perdre dans ses yeux, je touchais le rêve du bout des doigts, mais débordé par quelque chose avalant mes pensées, comme une tornade ruine une ville sans avoir eu le temps de dire « ouf », sans résister, je sombrais à bout de volonté, le navire prenait l'eau, j'écopais mais la coque s'enfonçait dans la mer, j'assistais au chavirement du navire devant le spectacle donné par un autre. J'aurais voulu courir sur la sable et la pousser dans l'eau, l'arroser pour la faire rire et respirer avec elle des pleines bouffées d'oxygène et l'embrasser et l'aimer mais sans pouvoir rien n'y faire, le rêve disparaissait. Bizarrement je flânais dans un monde imparfait, libéré d'être autre chose que ce que je suis.

Voilà ce que racontent les histoires lorsque l'on tombe dans le néant car poussé dans le vide, la lettre de papier blanc enveloppait le supplice.

Le ranch.

Dans une campagne paisible éloigné des villages, loin de la mer et des montagnes ou le ciel embrasse l'horizon et le regard porte aussi loin que l'œil peut voir sur les plaines, ou parfois quelques arbres solitaires dispersés ici et là, oriente l'étranger par l'originalité de la disposition du paysage dans un lieu dépeuplé qui comme la queue attachée à la pomme, l'un sans l'autre ne peut coexister et à y regarder de plus près, cette queue frêle, ridicule et dénouer de toutes utilités, se trouve être le détail qui parait si intéressant, mais revenons à nos moutons, ces quelques arbres plantés là par hasard sculptant le paysage pour donner sens aux interprétations, quelle joie de les voir préserver soigneusement d'amour inconsidéré car l'arbre dit-on est à l'écoute de la terre, mais cela ne l'empêche pas d'avoir la tête dans les nuages et d'écouter les histoires du vent, parce que l'arbre a vu et entendu bien plus que le commun des mortels, alors devant ce pays plat qui cherche à se cacher des gens de passage, ce pays s'offre généreux pour les habitués car la nature a qui sait l'observer propose plus que le nécessaire. Lorsque le pied foule les terrains, un sentiment semble se détacher, l'émotion vient reluire devant le spectre du bien-être et découvrir que l'essentiel se trouve dans le commun, épuré de toute sophistication et peut-être est-ce une délivrance car éloigné de ce que les gens recherchent, ici vivre sans rien attendre au milieu des champs, des petits chemins tapissés de mousses et d'herbes grasses et entouré de forêts, cela semble être un repos absolu contre la folie des hommes.

Situé sur un axe qui passe entre deux villes majeurs et perdu entre le chant des cigales, le bain de couleurs des coquelicots dispersés dans les plaines, les champs de lavandes et le croassement des corbeaux affamés, se trouve posé là comme une cabane sur une ile abandonné un ranch ! Un ranch solide ou la lumière au crépuscule vient refléter l'ombre des branches sur la façade, renvoyant l'authenticité dans sa plus simple nature, alors le terrain entouré d'une clôture en rondin de bois d'acajou à la manière des ranchs de gauchos Argentins qui veillent aux troupeaux de bêtes dans les plaines d'Amérique Latine ou l'image projette sur la réalité, un chalet avec de belle fenêtres donnant sur la prairie, habillée d'une grande porte massive doté d'une petite chatière qui impressionne par la taille de l'ouvrage, la rivière non loin de là, coule paisiblement et rythme les saisons peu importe la météo. Les silences apparentés aux mystères éveillent les sens à de nouvelles perceptions, alors ici dans cette pampa ou la verdure se respire comme un bol d'air frais qui change de la pollution des villes, le paradis se rencontre comme un plongeon en soi pour rappeler que oui dans le monde, y'a des endroits où tu t'assois pour contempler et tu découvres au bout du parcours comme une veille écriture déchiffrée face à tant d'énigmes, que poser tes valises pour y rester et le bonheur semble enfin trouver.

Dans ce ranch se trouve une modeste famille. Une famille sans embuche, fort comme des rocs par la vigueur développée à travailler tous les jours de l'année et rusé comme des renards aussi bien commerçants qu'enseignants, ils s'occupent des bêtes, du vignoble, du verger et des champs. Le père, la mère, les deux sœurs et les deux frères s'occupent du ranch et apprécient les bonheurs simples de la vie à observer la terre et s'intéresse à connaitre la source de toute chose. Le temps s'égraine au rythme du soleil, parce que les plantes et les bêtes y sont tous simplement plus sensible. La force des désirs jouant sur la route de la culture de la terre, se trouve être en harmonie avec la lenteur des saisons. Les parents et les enfants conscient de leurs privilèges pour rien au monde n'échangeraient leurs situations. L'histoire raconte la vie à la campagne d'une famille sans problème.

Amoureux inconditionnels des bêtes, chacun à tour de rôle s'occupent de la dizaine de chevaux, des deux ou trois poneys, des ânes, des vaches, des quelques chèvres, des poules, des canards et des chiens et des chats. Faut bien nourrir tout ce petit monde et ce n'est pas le nez collé sur les écrans de téléphones dans un monde numérique imaginaire que le travail va se faire tout seul. Levé debout aux premières heures de la journée, pas le temps de s'ennuyer, les taches se répartissent dans la bonne humeur et chacun réalise les corvées qui le plus souvent reste un réel plaisir.

Parmi toutes les activités, en autres la visite de la ferme, les randonnées à cheval pour les touristes sont une activité rentable, d'une part parce que financièrement ça met du beurre dans les épinards et d'autre part, il serait dommage de ne pas profiter des fabuleux circuits équestres ou les chemins de forets bordent la rivière pour refléter sur la sombre surface, la mélancolie des joyeuses journées d'étés. La chevauchée comme une poésie est une invitation à la rencontre des sentiers naturels. Les itinéraires pour confirmés ou débutants, offrent à la découverte une variété de paysages, un peu comme passant de l'ambiance d'une forêt de bouleaux ou l'écorce blanche des arbres rappelle un grand champ de cigarettes en papier géants et que poursuivant la route, les chemins se dévoilent noyer de couleurs vertes, bordé à gauche et à droite par les bambous sifflant le hurlement d'une crécelle et pliant sous l'effet du vent, alors entrainé par la monture, le rythme chaloupé du cheval procure une certaine liberté ouvrant sur les chemins de l'évasion.

Une journée par un matin ordinaire, au lever du jour ou la lumière gagne du terrain sur la nuit et les oiseaux commencent à chanter, la famille se lève. Après le déjeuner agréablement apprécié, les deux frères s'attèlent à préparer les chevaux des touristes qui arriveront pour le début de la matinée afin de faire une randonnée. Cela consiste à sortir les chevaux de l'enclos, ajuster les selles et préparer les tenues afin de maitriser au mieux la situation pour éviter le pire, car les chevaux peuvent vite s'effaroucher.

Les touristes arrivent en voiture au nombre de quatre, ils parlent anglais parce que étant étranger, ils parlent une autre langue que celle du pays visité. Des cafés chauds leurs sont offert accompagnés de croissants. Ils font connaissance avec les chevaux, voici Sari, Jack, Pénélope et Rosie. Après quelques tendres caresses, l'expédition prend la route en toute sécurité, accompagné des deux frères, deux guides qui connaissent bien les rudiments des sentiers.

L'équipe avance sous le soleil écrasant, les chemins se découvrent riche de toutes sortes de biodiversités, des petits oiseaux semblent convoyer l'expédition, craintif mais curieux de couleurs jaune ou rouge et vif comme l'éclair, ils prennent un malin plaisir à avancer et regarder les jeunes gens s'articuler à la queue leu leu suivant obstinément le bord de la rivière. L'équipe avance hypnotisé par les senteurs, l'air rafraichit les visages et la vue des paysages se découvrent irréel parfois passant d'une ambiance à une autre, de la picturalité brouillée des espaces qui donne aux sentiments un éveil d'intensité devant le fourmillement des lumières mais aussi des ombres, l'atmosphère change vers des paysages lunaires comme la marée basse d'une mer se retirant, ou face à l'illusion d'être perdu face aux repères, le sable est soufflé par le vent et soudain dans le calme le plus abyssale, le hennissement d'un cheval semble inspiré d'une colère. Serait-ce l'intuition d'un danger ? Les kilomètres passent, cela fait maintenant trois heures que l'expédition a quitté le ranch, c'est l'heure de la pause, les chevaux sont attachés et paissent tranquillement de l'herbe grasse dans une prairie. L'équipe mange des sandwichs et en profitent pour se désaltérer. Trois quart d'heures plus tard, l'équipe repart les rêves pleins la tête par toutes les belles images échangées sur le parcours, les paysages de campagnes sculpter par la main des hommes, les arbres fleurissants de jaune, de violet de rose, les odeurs de la terre, les oiseaux criant dans l'infini et volant dans le ciel, les couleurs et les ambiances se créant à la lumière des découvertes, le reflet des arbres dans la rivière, la lumière faconne le long des routes les souvenirs renaissant de sentiments nostalgiques, la vie chante, car baigné d'harmonie la beauté se révèle à chaque virage toujours plus fascinante, parce que la lumière prend des formes insoupçonnées qui se métamorphose comme une érudition à regarder un glaçon à travers le prisme d'une bougie, pour y voir les formes cachées de visages, d'animaux ou de chimères, caché dans les plus intime recoins, parce que la végétation a le secret d'étonner le novice, s'il prend en considération la nature qui se trouve être l'ordre des choses.

Alors que tout coulait tranquillement dans un rythme cadencé d'une ennuyeuse lenteur ou l'imprévu semblait hors de propos, tout bascula alors que rien n'y prédestinait.

Alors que les chevaux dociles et habitués à barouder se suivaient en file indienne, d'un coup un cheval sort de son couloir et quitte la caravane au galop pour se rendre sur la route, et là comment expliquer ce qui allait venir car sans comprendre la raison, une voiture percute l'animal de plein fouet et sa monture se retrouve jeté à terre et d'une violence inouï, le choc terrible n'épargne ni le cheval ni le cavalier. La voiture au parechoc cabossé est arrêtée au beau milieu de la route déserte, de la fumée sort du capot… Le chauffeur terrifié culpabilise, comment pourrait-il en être autrement ? L'expédition cherche des réponses. L'équipe essuie les plâtres tant bien que mal. Les secours arrivent, le cavalier repart sur une civière, l'ambulance s'éloigne la sirène crachant sur les sens une inquiétude partagée. Un camion emmène le cheval blessé. La confusion règne, comment cela a-t-il bien pu se produire ? Les secours repartent dans la douleur d'un drame qui aurait pu peut-être être éviter. Comment une journée peut-elle basculer si vite dans l'horreur ? L'équipe rentre au ranch s'interrogeant sur mille questions. L'angoisse se lit sur les visages et l'anxiété s'empare du groupe.

Rongés par l'inconnu d'une situation hors de contrôle, l'équipe et la famille doute devant la situation. Que faudra-t-il faire demain ? Quelles sont les risques encourus ? Dans le ranch le moral est au plus bas. Pourtant la vie continue et tous s'interrogent, l'un réfractaire et essayant de dédramatiser, un autre plus pragmatique essayant de relativiser, quand un autre imagine le pire et encore un autre essaye de rassurer, bon gré mal gré, la barque encore à flot commence seulement à évaluer le danger. Quelles vont être les conséquences ? Les regards se croisent et parfois se perdent dans un autre regard, dans le reflet d'un autre, cet autre ou nait le vague espoir que tout revienne à la normal et que le passé puisse devenir présent pour rabibocher les erreurs du passé. Le poids des échanges présage le nihilisme des prochaines heures. La rencontre face à ces propres peurs mais aussi quelques émotions nouvelles tels quelques frayeurs venues signées les silences trop longs pour durer, alors le présage insoutenable devant l'impossibilité d'un retour, marque le début de la petite musique qui se joue que l'on souhaiterait arrêter et qui diffuse dans une parcimonie extrême, le poison d'un mal difficile à effacer. Quelles cohérences cheminent comme être en pleine possession de moyens, et se contredire face à l'incapacité d'agir, alors lié aux problèmes mais incapable de se décentrer, le spectacle se déroule sans acteurs, le film se joue vider de substances et tous sont rassemblés unis et solidaires, se rassurant les uns les autres, car tous espèrent que les choses s'arrangeront.

Dans l'ambulance, l'homme pris au piège par l'archéologie de ces pensées, se heurtent au plus profond de lui-même devant les incompréhensions. Le doute cède face aux peurs et semble gagner du terrain. Va-t-il retrouver sa motricité, va-t-il retrouver gout à la vie ? L'enivrement de la nature à voir dans le paysage un voyage désaxé de toute subjectivité, souffle une mer de sable sur le rêve qui peu à peu se transforme en cauchemar. Le soleil semble rougir la pierre et la fragmenter en poussière, alors le bloc semble se fracasser et sombrer dans un néant, une espèce de mirage réel, ou le visible tenant la main de l'invisible danse en rond autour d'une tristesse éprouvée. Perdu dans un magma de souvenirs, la mémoire dérive et l'aliment comme un empoisonnement paralyse la pensée, alors assécher, le verbe qui souhaitait se détacher se résigne devant la laideur des émotions. La sirène en alerte hurle sur le chemin des résignations, l'homme allongé sur la civière tente de remonter à l'origine de la cause. Comment s'est-t-il retrouver embrigader dans l'histoire. Son sang bouillonne de l'intérieur et coule de l'encre à l'extérieur, l'homme ne sent plus ces jambes, son épaule est déboitée, l'homme conscient allongé la tête scotchée sur le plafonnier de l'ambulance souhaite crier mais reste silencieux, son corps le malmène, où se trouve le bout du couloir. L'ambulance avance avec l'homme blessé vers le tragique d'une volonté fauché en plein vol. Une pluie de remords semble s'écouler, un passage s'ouvre vers les failles qui mènent à la lumière.

L'accidenté arrivé à l'hôpital semble gravement blessé, les médecins le soignent, il devrait s'en sortir, une jambe et un bras de cassé, c'est du temps de gâché mais dans une vie, n'est-ce pas dérisoire ? Ces qualités physiques l'aideront à supporter le calvaire. La mélancolie le gagne d'être condamner à rester cloué sur un lit. Le pire c'est l'ennuie, comment rester dans une chambre et puis se retrouver avec soi-même, au fond qui peut le supporter…

Au lit, les prières accompagnent le fait d'être occupé à rien faire. Pensez sans se fatiguer semble inimaginable, la tête est lourde.. Le temps glisse loin des réalités un peu comme contorsionner par une musique lente, qui tout d'un coup accélère. Tout se résume à attendre les repas, attendre les infirmières, regarder les mouches volées, les journées se suivent et se ressemblent. L'odeur chimique dans les couloirs de l'hôpital rappelle qu'ici, plus rien ne choque quand vient l'habitude. Les silences prolongés pendent au-dessus de l'abime pour percer à jour le vertige d'être dans un lieu sans y trouver sa place. Les facultés délirantes d'être dans un corps face au paradoxe de ne pas pouvoir bouger, révèle à la détresse, le sens d'un combat héroïque c'est à dire lutter ou abandonner, alors la ruse semble se moquer et s'apparente à de la fourberie pour démontrer qu'abandonner, ne peut être une option... Préférez-vous vivre ou mourir, la question se pose pas, pourtant le doute parfois s'installe, dès lors tout s'agite et la pensée se perd devant le labyrinthes des idées car face à un mur infranchissable, les souvenirs reviennent à la mémoire pour passer en boucle l'accident à la recherche d'une solution, comme si revenir dans le passé, le mal aurait pu être éviter parce que cela aurait pu se passer autrement. Les souterrains évités et la feuille restée vierge nourrissent la poursuite du quotidien vers un absolu qui se résigne au lendemain.

L'environnement d'une chambre de quinze mètres carrés sans télé, la porte ouverte pour voir et entendre dans le couloir avec les équipes de soignants qui chaque jour se dépassent pour traiter au mieux les patients, dans un lieu avec une fenêtre avec un petit bout de ciel, une table de chevet avec quelques revues et deux chaises pour les visites, alors de Paris à Dakar, de Paris à Montréal ou de Paris à Sydney, le lieu comme un voyage baigne l'esprit et malgré tout le rassure.

Quel périple de se laver et se lever du lit... Les minutes se comptent en heures et pour se brosser les dents et pour aller aux toilettes, devant la douleur, la banalité de l'existence prend tout son relief. En somme qu'il est dérisoire de vouloir plus que le nécessaire lorsque l'on possède la santé. S'habiller aussi est un parcours du marathon, comment enfiler une chaussette avec une seule main ? L'ennuie c'est que d'être allongé sur un lit à contempler la peinture du plafond, la pensée diverge vers de sombres méandres, parce que le vide demande à être remplie et qu'immobilisé sur un lit, le constat c'est que les sentiments s'obscurcissent, il est difficile de garder les idées claires et après y'aura le kiné pour remusclé la jambe….

Petit à petit, le blessé guérit, il marche, petite victoire il pisse debout, les couloirs de l'hôpital semble lui être familier, avec les béquilles il fait plus de kilomètres qu'un livreur de journaux.

Quelle absurdité de profiter d'une promenade à cheval et de finir le séjour à l'hôpital.

L'histoire ne dit pas ce qu'est devenu le ranch, ce qu'est devenu la famille et le reste des touristes, ni ce qu'est devenu le conducteur de la voiture, et si le blessé a repris une vie normale et si il lui a repris l'envie de remonter à cheval.

La vie est salope, elle peut être pute aussi, mais dans des cas plus extrême. La vie a le visage du parcours empreinté, le relief escarpé d'un chemin loin d'être tranquille.

Promenade solitaire.

Ça commence par une émotion qui fait jaillir une idée, pour donner à l'action le mouvement volontaire de poursuivre le chemin, alors lancé sur la route pour concrétiser le songe, l'envie avait besoin d'être arrachée au désir.

Le voyage, les pieds marchant sur le gravier et sortis de la voiture, sous la cime des arbres et à la merci du bruit des branches ballottées par le vent, semblait dessiner les interstices d'une toile à remplir. Ici entouré de champs en jachère à perte de vue, ou les fleurs sur le bord du chemin apportent les quelques touches de couleurs parmi toute cette tapisserie de verdure, se mêlent les parfums boisés des bocages et le batifolement des oiseaux.

A chaque pas enfourchant les hautes herbes humides par la rosée du matin, des dizaines de sauterelles bondissent en éclat vers de multiples directions, des fils de soie s'étendent d'une rive à l'autre et la lumière se raréfie sous le ciel chargé de nuages gris.

Perdu sans rien attendre d'autre que d'être perdu davantage, j'avance vers l'inconnu espérant une éclaircie qui ne vient pas. Sur la droite une rivière cachée derrière la végétation coule paisiblement à l'ombre des tracas et des sombres côtés des hommes. Le rugissement continue de l'eau le long de la rive, berce l'esprit de tranquillité. La lenteur semble faire partie du paysage qui comme une habitude laisse les événements avancés à leur rythme. Une clairière est franchie et s'ouvre sur un large espace ou comme un instant divin, la lumière apparaît pour en éclairer le centre. Le vent souffle par rafale, le bruit des feuilles donne l'impression à l'oreille d'écouter une cascade. Les ombres à contrejour marque l'intensité des contours, sur la mousse des arbres apparaissent des visages sortis d'un monde imaginaire, et plongeant un peu plus loin derrière quelques épicéas, chênes et peupliers, la rivière se laisse déshabiller, le reflet à la surface de l'eau noyée dans le mélange des couleurs, projettent les détails des branches ciselées à la manière de napperons finement crochetés invoquant les touches de pinceau des peintures impressionnistes, telles que Caillebotte, Monet, Cézanne, Vangogh ou Bonnard.

Le mixage des ambiances conforte l'idée que l'on est mieux à respirer à l'air libre plutôt qu'enfermé entre quatre murs dans un musée ou ailleurs, ici tout se prête à la contemplation, chaque instant est une découverte, les premières fois repoussent les aprioris, il est si doux de contempler, le cri des corbeaux se mélangent aux cris des moineaux, les araignées se cachent dans l'herbe, les écureuils courent dans les arbres, l'abeille butine la fleur, chaque chemin révèle une porte qui pour celui qui observe, y laisse des espaces pour percevoir entre les formes et les couleurs, un monde invisible qui semble se dévoiler, un monde éphémère si fragile qu'au moindre souffle, les fantasmes s'éveillent pour être plongés dans les rayons froids que le soleil adore.

N'est-il pas extasiant de se nourrir de la nature dans la plus grande simplicité, car la nature est si belle et si complexe et à l'origine de toute vie, comment peut-on en oublier la beauté ? La nature renvoie nos vanités à notre infinie petitesse, elle est comme un livre blanc ouvert, et du pain quotidien pour les yeux.

Les chardons abandonnés à la mélancolie semblent les

geôliers prétextant un droit de passage pour emprunter le chemin, les cœurs liés devant l'énigme, les chardons caressent de leurs profonds mystères les chants couronnés d'indicibles.

Un menhir repose en paix près d'une prairie, l'art tout comme la vie de l'artiste à la faculté d'être impacté par le passage du temps, qui plongé dans le passé peut changer l'avenir, mais ancré dans le présent et accompagné d'un mouvement en avant, le présent peut aussi changer l'avenir, mais qu'il est dérisoire de vouloir changer les choses considérant que nous ne sommes que poussières. Un épouvantail prend son rôle au sérieux portant un pull rayé au milieu du potager. Les champs rasés par la moisson d'été tracent les sillons coiffant les paysages aux rondeurs vallonnées d'un esthétisme qui pour bien des Parisiens, parce que le calme et le silence y règnent, donnerait un avant-goût du bonheur. Le soleil apparaît et devant les murs de verdure pareils à des toiles abstraites sidérant devant l'interrogation de se dire « Quel travail formidable », se dessine sur l'herbe grasse les auréoles d'ombre et de lumière d'un rêve devenu réalité, l'éclaircie n'est que de peu de durée, alors pareil au royaume funèbre d'une bête enfermée dans une grotte, décoloré, pale, terne et neutre, la vie semble se replier sur elle-même pour s'éteindre, car loin des couleurs, le monde paraît sans saveur, parce que sans le plaisir de contempler, le précieux sésame semble avoir disparu, mais dépendant de la météo, les paysages façonnent la pluie et le beau temps.

Invraisemblable réalité !

Le regard porté sur le tableau dévisage les nuances et n'attendant plus rien d'autre que de vivre à la place de cocher les choses à faire, la promenade s'étire vers l'avant, alors découvrant les ambiances différentes dont l'impression donne à cet ailleurs de l'avoir toujours côtoyé et de faire parti de la famille, la calme rappelait baigner de sérénité que la paix est précieuse et que la chance aussi.

Le ciel se dégage pour changer d'atmosphère et le soleil réapparaît marquant le rendez-vous comme un tatouage tatoué sur le cuir de la peau devant chaque photo. Le rêve plonge dans la béatitude, comme une sorte de bol de café apprécié tôt le matin pour recharger les batteries et commencer la journée, les reflets de la rivière sculptent un esthétisme saluant l'authenticité et la brutalité sauvage des griffes du félin sur la toile.

Si seulement la campagne pouvait libérer le monde des blessures…

Des arbres le dos voutés, alignés et bordant les chemins regardent les passants avec humilité, un chat bondit sur une souris des champs et s'enfuit dans le pré, des bottes de paille assemblées en un bloc de cube montent au ciel et entassées sur un petit bout de terrain au milieu d'un champ dessinent un mur comme un trait vertical, et au détour du chemin une maison abandonnée avec un arbre ayant poussé en son centre ajoute à cette nature un rythme ou le temps n'a que peu d'emprise, car à côté dans la ville, les gens courent après des désirs sans jamais en profiter réellement, parce qu'à courir pour tenter d'accumuler les désirs, le temps passe et les gens à courir pour avoir, passent à côté de vivre.

Il est des histoires ou la promenade souhaiterait que le songe se prolonge.

Le lieu reliant d'une traite par un chemin tout droit deux villages, est environné de jolies collines ou quelques arbres solitaires offrent au regard la tristesse d'une peinture ou l'âme en paix se retrouverait devant le vaste de l'ennui et le vaste du silence.

Les branches de bois mort jonchent le sol au milieu des cailloux et la lisière d'un bois semble être le dernier bastion avant que le regard ne porte sur les plaines. L'œil des paysans sur les paysages a de cela d'étonnant de marier le bizarre à la raison même, car il est difficile de prévoir ce que la nature peut révéler comme les champs de blé aux couleurs durcies par le feu, s'étendant pour mourir dans un coin mort de l'œuvre sur un rang de jeune peuplier, réfléchissant la lumière d'un prodigieux contraste.

La douceur de la balade réchauffait l'âme et je souriais bêtement devant l'horizon, le cœur était charmé par le chant des oiseaux et tous les morceaux de ciel aperçus à travers les feuilles d'arbres nourrissaient les illusions d'être poussière et que le plumeau là-haut, tout là-haut regardait de la fenêtre céleste, renvoyant le signe de l'amour et de la paix. Parfois les contours irréguliers des branches sclérosées par le temps et défigurent la beauté d'une laideur effrayante mais une laideur attirante par d'insoupçonnables enchantements, dévoilaient la pudeur d'une ambiance maléfique, et l'instant suivant comme passant du coq à l'âne, les prairies colorées recouvraient le paysage, ce qui pour les puristes ou les perfectionnistes peut désespérer, mais pour les peintres et les poètes peut charmer.

La promenade continue au fil de l'eau, la rivière accompagne les songes, le bruit rugissait parfois faisant un vide à purifier l'esprit, et d'autres fois à observer la clarté d'être spectateur d'un théâtre banal mais pourtant hors du commun, quelques nénufars venus faire de l'ombre aux grenouilles se laissaient dériver par la sérénité de se perdre dans ce beau ciel reflété à la surface de l'eau, ou l'imaginaire devant ce petit paradis piochait ce dont il avait besoin. Plus loin le ciel au-dessus de la forêt se séparait en deux blocs et la crevasse d'un bleu azur contrastant avec le gris de la texture des nuages, pour dessiner une main projetait l'utopie de rassembler tous les hommes. Les formes soyeuses des fleurs aux couleurs éclatantes se dispersaient dans les champs, l'œil tournait et s'éveillait face aux charmes de la beauté, les taches roses, violettes et blanches dérivaient jusqu'en bordure de forêt, ou quelques tas de bûches sur le rebord du chemin bronzaient au soleil. Quelques puits de lumière encerclent les branches mortes abandonnées dans un champ et donne un air bucolique au tableau. Un groupe de corbeaux formant un nuage dans le ciel passe sur la ligne d'horizon et jette un froid en croassant, quelques vaches broutent paisiblement dans un pré et un couple de femelles se caressent tendrement en se frottant la tête l'une et l'autre. Des trous de taupes balisent le terme d'un chemin, un abricotier rempli de fruits est étendu sur le sol fendu par un éclair, l'odeur de la terre, de l'herbe et de l'humidité des bocages donnaient à la nature ces lettres de noblesse.

Tous les sens sont en éveil, soudain le chemin mène à une cascade et apparait un filet d'eau qui filtre la rivière d'un bassin à un autre, la vase cohabite autour des rochers, une multitude d'arbres se reflétant à la surface de l'eau laissant à la carte postale l'évasion d'être ailleurs par le dépaysement intérieur, le miroir renvoyé au souvenir l'appétit de vouloir découvrir encore plus d'images, les contours de l'horizon semblait se diriger vers le fond d'un pressoir ou le regard contemple et rassurer d'y voir ce que l'esprit espérait, le mouvement mécanique d'avancer pour continuer à défricher, portait avec plus d'entrain vers la recherche de nouveautés.

Ici, l'authentique se mêle à la vie des hommes et la lenteur se consomme loin de la frénésie des villes. Le chemin continu à travers les plaines et vallées. En cette fin de journée, le vent soufflait faisant grincer les peupliers comme le bruit d'une voiture passant au loin sur la route, l'air agréable se rafraîchissait parfois à l'ombre de la forêt, ou quelques glands de chêne tapissaient le sol. Les solitudes n'étaient point troublées par la présence de l'homme. Une tourterelle posée sur une dalle en pierre entraînée par le contre-jour dansait comme la flamme d'une bougie à la clarté de la nuit et apercevant le soleil, la tourterelle s'envolait dans le ciel, ce ciel cet espace infini et la créature se transformait en divinité pour voguer vers la liberté loin de la cruauté des hommes.

Le silence chantait une légère symphonie au travers de toute cette verdure ou des filets d'eaux descendus des hauteurs, coupaient le chemin pour rejoindre la rivière.

Des fourmis s'agitaient marchant sur les cailloux blancs, tous en file indienne, les fourmis traçaient un but dépassant peut-être celui de l'homme. Les taches de lumière se raréfiaient, parfois l'herbe occupait tout l'espace, les chemins moins larges coulaient vers la tranquillité et serpentaient dans la campagne, soudain cinq oies se rassasier postées sur un rocher au milieu de la rivière, battant des ailes pour se dégourdir, les oies méditaient à l'abord d'un village. L'ambiance changeait découvrant les prairies tapissées de champs de colza ou les ronces poussaient le long des sentiers et je ne pouvais m'empêcher de cueillir quelques murs. Des milliers de petits escargots agrippés aux feuilles fraîches des salades poussant dans les champs, peuplaient le sol livré à la sécheresse du soleil. Les couloirs de violettes attiraient les abeilles, et les papillons dansaient en couple les ailes jaunes parfois blanches ou vertes, noyés dans l'ivresse du parfum des fleurs.

Les reliefs donnaient au paysage ce que l'esprit donne à la pensée. La virtuosité des couleurs liées aux perspectives, allégeait l'âme pour la vider de son sang impur. Toute cette campagne respirait la mélancolie, la solitude et la contemplation, les chemins menaient vers la liberté sans livrer ces secrets cachés derrière les murs de végétations.

La vie, la joie, les parfums, voilés d'une ombre de tristesse se cherchaient sans cesse, et dans la pudeur qui rougissait voulant glaner la lumière, mon œil brillant regrettait de devoir quitter les lieux.

L'effet Kisscool.

Voici l'histoire d'une influenceuse qui, comme toutes les jeunes femmes de son époque, aime la mode. Elle aime bien s'habiller comme pour mieux projeter son pouvoir autour d'elle, ce pouvoir étonnant que d'attirer les yeux sur elle par la conséquence de porter des tenues innovantes lorsqu'elle se déplace, que ce soit au restaurant, dans les événements, ou lorsqu'elle marche dans la rue. Elle crée les tendances et s'adapte à chaque nouveau vent. L'apparence dit-elle est une philosophie de vie, elle passe son temps à faire les magasins et les boutiques en ligne à la recherche de perles rares.

On dit qu'un sac Louis Vuitton porte chance quand on le touche, il faut dire qu'avec son prix y'a déjà une sélection naturelle à l'entrée, parce qu'à 2 500 euros le sac à main, les clients ne doivent pas avoir besoin de chercher une place de parking pour garer le 4x4 dans le jardin, mais entre les parfums, les produits de maquillage, les robes et les bijoux, Clarisse qui vit à Paris ne manque pas de matière pour présenter ces produits.

Clarisse vend ces produits de luxe sur Instagram à destination des riches adolescents des Emirats Arabes, mais les clients viennent aussi de Chine et de Russie. Les sacs Channel partent pour 2000 euros. Le bon côté de son métier, c'est que ça l'a fait voyager, elle parcourt le monde entre Paris, Dubaï, Shanghai et St Pétersbourg.

On peut parler de tous les vices de l'époque et l'époque n'en manque pas, par exemple avec la preuve de l'anxiété qui se développe dans la société ou les gens ne prennent plus le temps d'apprécier les désirs, alors devant la multiplicité de la fabrique des désirs et par l'envie de consommer toujours plus pour combler les manques d'un désir disparu, les gens se perdent à noyer leur mélancolie dans un monde qui ne leur ressemble plus.

La loi du marché règne sans partage et sans doute est-ce la raison du capitalisme, alors chacun produit d'une société doit se reconnaître dans l'identité d'une marque et les grosses enseignes l'ont bien compris quand on voit des enfants de 6 ans pris pour cible par les industriels ou les influenceurs. Cela peut paraître un peu extrême d'où toutes les lois pour tenter poser un cadre, mais comment ne pas être tenté par une part du gâteau, et c'est là tout le talent de Clarisse pour tirer son épingle du jeu, car comment ne pas fustiger tous les assureurs d'assurance-vie, prêteurs de gages et protecteurs, lorsque le vendeur vous sert la main pour vous rassurer et vous sourit, alors qu'il ne pense qu'à vous voler et vous prendre pour un pigeon, pour faire court dans la mode, c'est pareil !

Clarisse coule des jours heureux sans trop de stress, sa famille l'apprécie et ses amis aussi, elle a une santé de fer, son travail lui plaît et ses finances se portent bien. Tous les trois jours, elle envoie ces colis à la poste, sa vie ressemble à un conte de fée, si bien que si rien ne pouvait changer, alors quand les gens disent que la perfection n'existe pas, dans ce cas, on pourrait dire que la perfection existe, malgré tout quand les choses se passent bien, nous savons tous que cela ne dure qu'un petit moment...

Un jour que Clarisse se promène par un beau Dimanche dans le quartier du Ménilmontant, elle croise un joueur de saxophone qui joue dans la rue et en tombe amoureux. L'heureux chanceux s'appelle Aron, il se fréquente, s'amuse d'un rien et se découvre beaucoup de point commun. Vous savez bien le pouvoir des femmes quand elles désirent quelque chose, il est difficile de résister, alors je vous passe les détails même si c'est souvent parfois dans le détail que les choses sont les plus croustillantes, en gros cela fait six mois que l'histoire dure et que chaque nouveau jour, le couple se redécouvre pour nourrir leur passion d'un amour fusionnel.

Pour consolider leur aventure, ils adoptent d'un commun accord une tortue qu'ils appellent Franklin, n'est-ce pas le signe précurseur indiquant le choix inconscient de désirer un enfant ? Il est trop tôt pour le dire, pourtant à notre époque ou la loi du mariage passe en second plan, six mois de durée pour certains couples cela peut paraître une éternité et beaucoup ont déjà des enfants, quand ce n'est pas faire un enfant dans le dos, faire un enfant et se barrer avec le pognon ou faire un enfant et se barrer en laissant femme et enfant, bref là n'est pas la question, revenons à nos moutons !

Un soir alors qu'ils avaient réservé des places pour se rendre à un concert d'Etienne Daho à l'Arena de Nanterre la Défense avec un couple d'amis qui pour l'un d'eux est le premier concert depuis le tragique concert du Bataclan ou elle avait été pris en otage et qui ravive de douloureux souvenirs, sur la route du trajet, coincé dans la voiture, les deux couples se retrouvent chamboulés par la foule coincée dans une manifestation. Les drapeaux Turcs sont nombreux, apparemment ce sont des opposants d'Erdogan. Pourquoi faire la guerre semble la seule hygiène de ce monde pour faire entendre ses idées, faut pas chercher midi à quatorze heures en ce bas monde, y' a plus de conscience, l'esprit est mort, pour être entendu il faut manifester...

Après plus de peur que de mal et le tumulte de dépassé, le petit groupe arrive près de l'Aréna, gare la voiture au parking en prenant soin de repérer les lieux, car au retour s'il faut passer deux heures pour retrouver la voiture ça pourrait gâcher la soirée, et arrivé au concert ils découvrent que l'affiche est annulée parce que le chanteur ne peut pas chanter suite à une extinction de voix, c'est ce qui arrive quand les cordes vocales gonflent, les sons ne peuvent se produire... Quelle idée avant un grand concert que d'aller faire la fête la veille, car mettre en tension tout ce que l'on aime, face à la responsabilité des actions ne semble pas une raison valable si on aime son public...

Déçu devant la situation, l'art n'est-t-il pas de rebondir quand le ver semble se plaire dans le fruit ? L'équipe retrouve la voiture non sans peine, car entre temps les ascenseurs sont tombés en panne, alors le groupe décide de prendre la route pour aller à Paris, pour se perdre sous les lumières de la nuit, direction St Germain des Prés. La voiture garée non sans peine car les places de parking se font rares à Paris depuis qu'Hidalgo a mis les Parisiens au vélo, le groupe flâne dans les rues sous la chaleur douce de l'été à la recherche d'un resto. Toutes sortes d'illusions sont projetées pendant la promenade, surtout le romantisme de montrer d'avoir plus d'amour que l'autre. Soudain, le groupe abandonné à la rêverie croise un type qui tombe devant eux sur le trottoir d'ivresse, le type s'agite parce qu'il fait une crise d'épilepsie. Les pompiers arrivent, soignent la victime, mais un froid est jeté sur l'ambiance. Ne dit-on pas qu'il faut savoir mélanger les ambiances, alors continuant à se balader dans le quartier, le groupe pousse les portes d'une galerie d'art. Pas le temps de dire « ouf » qu'à peine rentré, le galeriste aux manettes referme le rideau de fer derrière eux !

De la lumière vient l'ombre !

Est-ce du savoir-faire ou un goût de savoir fer ?

Un type attendant devant une porte donnant sur une autre porte rentre dans la pièce, il approche et menace le groupe d'une arme à feu, il les prend en otage tous les quatre et les attache sur une chaise en sifflotant un air d'Eric Clapton. Les deux couples, les mains ligotées, sont terrorisés. Le type à la mine patibulaire surnommé Alban, appelle deux autres gars en criant à vive voix. Les deux gars sont des jumeaux qui portent le nom d'Aldo et Faco. Alors tous les quatre, le galeriste, Alban qui semble être le cerveau et Aldo et Faco tire au sort à coups de dés jetés sur la table, la première victime qui passera sous leurs vices.

Comment d'une vie rêvée à vouloir s'amuser et profiter d'être entre amis, puisse-t-on se retrouver pris en otage dans une ville comme Paris ?

Le groupe d'amis est témoin de la torture de la première victime. Assis sur la chaise, face au gouffre du néant venu rencontrer la folie d'hommes ne connaissant pas le raisonnable, la voix effrayée de la victime, atténuée par le bâillon qui serre la mâchoire, hurlent des cris de terreur. Les quatre monstres s'amusent à lire dans le regard de leur victime, la lumière s'éteindre devant l'ombre aliénée des angoisses. A petits coups de scalpel, Faco entaille des petits bouts de chair, le sang coule le long des jambes et des bras. Aldo allume le poste à radio et cherche une chanson pour s'arrêter sur une musique d'Elvis Presley. Les quatre compères dansent et rient, ils semblent trouver à ce moment horrible une joie commune faite de puissance que les mots ne peuvent enrober, le sordide se part de poésie, le mal s'élève vers une volonté sans limite, et incapable d'avoir des remords et de faire preuve d'empathie, insensible face aux souffrances de la victime, les quatre hommes se réconcilient avec leur animalité. Vient qu'Alban s'arrête de danser, s'approche de la victime avec le scalpel à la main, le sourire éclairant le visage digne d'un passage du récit de Jack l'éventreur, d'un geste venu bousculer la morale, il découpe une oreille de la victime ligotée à la chaise en récitant un verset de la bible : « Agneau de Dieu qui effacez les péchés du monde, donnez-nous la paix ! Venez adorer le seigneur parce qu'aujourd'hui une grande lumière a paru sur la terre. Alléluia ! », alors l'incarnation du mal semblait recouvrir les villages dépeuplés d'un monde oublié ou les personnages semblaient soumis aux ténèbres, l'ombre recouvrait le désert et acheminant l'œuvre, Alban cherchait la reconnaissance auprès de ces acolytes comme si après l'affrontement, il était possible de se faire une idée de la vie après l'avoir éprouvée, alors parmi les pleurs, une autre victime terrifiée par la violence de ce qu'elle venait de voir, détournait la tête pour ne plus voir, mais l'effet bien souvent de ce que l'on désire n'est pas celui escompté comme si le centre était en dehors du centre, alors le bien au goût de ciel azuré, semblait se laisser pervertir par le mal absolu, ces monstres étaient libres parce que les autres étaient esclaves.

Le galeriste peut-être plus sadique que les autres badigeonnaient au pinceau sur le corps d'une autre victime, le sang de la première victime. Faco l'accompagnait en scarifiant le corps au scalpel, de notes aux couleurs d'un monde désillusionné. L'autre jumeau Aldo, dans le rôle du méchant incapable de contrôler ses émotions, se laisse aller au pire dérive en quête d'une vérité sûrement mal acquise, ivre des instants et ivre des passions, il baisse son pantalon et baise la pauvre victime en levrette qui n'a plus d'oreille droite. Les autres, voyeurs, soiffards et cyniques ne perdent pas une miette du spectacle, du sang coule de l'oreille et tapisse le sol d'une mare reflétant les plis morts d'une statue de marbre, les murs frémissent sous les cris étouffés, l'anarchie semblait vaincre les derniers espaces de liberté, l'excès et le désordre se soulageait d'être l'unique loi. Le galeriste filmait la scène au téléphone, les yeux noirs pétillant devant l'horreur, il ricanait livrant l'écho de son âme aux tristes spectateurs comme un imbécile. Alban, absent depuis quelques minutes, revient avec un alligator tenu en laisse par la main. La bête au regard de serpent semble affamée et à l'odeur du sang, ces instincts semblaient réveiller. Aldo et Faco dansant sous la musique d'Elvis le King, semblaient innocents face aux événements, alors sentant les victimes épuisées par la tension de rester concentrées, l'idée leur prirent de leur faire boire du rhum, d'une part pour les réveiller et d'autre part pour rallumer l'ambiance et dynamiter les cauchemars, alors débâillonné et le goulot à la bouche, l'alcool coulait comme une fontaine et les victimes résignées épongeaient les supplices. Les paroles s'échauffaient et devant les obscurs terrains de la violence verbale, comme un obstacle interposé, l'angoisse chevauchait les collines sèches que la mémoire avait effacé. Les voix des victimes s'élevaient vers l'inconnu et insultaient tout ce qui bougeaient avec comme seul souci celle de reconnaître l'amour, mais rien n'y faisait, les victimes se faisaient frapper, une petite claque par ci par là, alors pour calmer la frénésie, les bourreaux les droguaient à coups d'amphétamines.

Dehors, c'est la nuit, mais ici dans cette grande pièce confinée, le lieu s'apparentait à l'enfer.

Alban accompagné de l'alligator appelé « Rougepaille », s'approche des victimes et dans la sauvagerie d'un hasard peu probable et dont seul Dieu peut-être en connaîtrait la cause, l'alligator excité par l'odeur du sang dévore la jambe d'une victime et dans la sauvagerie la plus incontrôlable, l'alligator s'électrocute en mordant un câble électrique longeant le sol, et s'ensuit qu'Alban est foudroyé lui aussi ! Le courant est coupé, plus de musique, plus de lumière ! Et dans la confusion, la peur et l'odeur du sang, pressentant l'intuition d'une petite chance pour s'échapper, Aron et Clarisse au bout d'eux-mêmes et dans une rage de vie à déplacer les montagnes, une sorte de rage de vie plus forte que la mort épris d'ombre et d'azur, Aron et Clarisse se détachent et détachent l'autre victime, essayant de penser à rien, une bagarre éclate, chaque ustensile est une arme, les objets valsent et se brisent sur les murs, les agresseurs semblaient ignorer ce qu'ils avaient appris et les fautes ne faisaient qu'aggraver leur situation, car le tort était de rester indifférent à l'intelligence des victimes. À y réfléchir la fuite pouvait être le meilleur des alliés, pris de panique, au milieu des cadavres jonchant le sol, les trois otages s'enfuient par une petite porte qui donne sur une cour et franchissant le muret et par une loi des séries plutôt fâcheuses, les trois victimes se retrouvent libre dans la rue.

Le ciel se couvre de nuages noirs recouvrant le disque clair de la pleine lune, alors semble apparaître la providence marquant d'une lueur faible l'espoir. Il manque Lina, la fille du couple qui accompagnait Clarisse et Aron. Le pouls s'accélérait et rendait les battements douloureux. Les chemins se retrouvaient pour se dire : « Nous aurions pu y aller ensemble » mais dans le désespoir, les larmes coulaient sur les visages.

Abandonnés à l'obscurité des sombres ruelles, au milieu de la nuit, ils ont perdu la voiture, pas une âme de croisée, les stations de métro étaient fermées, juste quelques clodos dorment allongés dans la rue, et avançant dans le silence de la nuit, une musique semblait résonner au loin, alors en s'approchant, les basses semblaient plus régulières. Arrivé et encore secoué par tout ce qui venait de se passer, une boîte de nuit leur ouvre leurs portes, les trois victimes alcoolisées et droguées se retrouvent dans la chaleur des néons, à la lumière de la sueur et de la lubricité. La chaleur de l'air entraînait la sudation. Clarisse et Aron se retrouvent dans les toilettes à regarder un autre couple baiser, baignés par les odeurs de pisse. La folie à la sombre facette de pousser les gens bien dans les pires excès quand une chose vient à être dérangée.

La musique berçait les corps amusés de danser au rythme du DJ. La nuit semblait s'étaler pour étirer le temps et débordait de la marge hideuse en rallongeant ce qui semblait dépassé. Le danger s'éloignait et la douceur enivrait l'ombre qui se faisait dans les pensées.

Clarisse à côté de ces pompes parle à Aron de ces envies pour les prochaines vacances, quant à Aron qui semblait avoir un peu plus les pieds sur terre, lui demande ou est garée la voiture. Carl est au bar dans un corps qui ne semble plus lui appartenir, car privé de sa moitié il semble perdu dans une forme de vide, alors dérouté devant le réel et croyant être dans un mauvais rêve, il discute avec Kendji Girac sans même l'avoir reconnu. Le chanteur se trouve là parce que plus tôt dans la soirée, il a donné un concert dans le quartier. Dialogue surréaliste, le but étant de ne pas répondre aux questions et de surprendre l'autre dans l'attente d'une réaction, est-ce volontaire, personne ne peut le dire, peut-être que l'alcool y aide un peu...

_ A l'avenir, soyez exact !

_ Ne vous exposez plus à prendre les sens interdits ! (Kendji explosa de rire et caressa son menton en frottant sa petite barbe)

_ Asnières-sur-Seine ? (Dit Carl, d'une voix toute pâlissante)

_ Jeune homme, c'était mon père !

_ Ah vous êtes l'enfant, les innocents qu'ils se baignent à la mer !

L'effet de l'alcool et la fatigue de la fin de soirée, l'ambiance festive et les spots de couleurs illuminant les corps emportés par l'évasion du délire et de l'ivresse, favorisaient le partage.

Dans ce lieu où l'excentricité avait pour seule limite d'aller au bout des désirs, la musique rythmait les âmes qui soupiraient dans la profondeur de la nuit.

Bientôt six heures du matin, Clarisse et Aron dansaient sur la piste de danse et Carl dormait dans le canapé, soudain, la musique s'éteint et la boîte de nuit s'allume d'une lumière aveuglante, la discothèque allait fermer ses portes, alors jeter dehors et déambulant comme des zombies à la merci d'affreuses images qui revenaient à l'esprit, les souvenirs troublés se dévoilaient et dans l'incapacité de discerner le vrai du faux, le petit groupe se retrouvait coincé dans le tunnel du métro dans un wagon coincé entre deux stations. Le métro était en panne pour une raison inconnue et bien obligé de faire comme tout le monde, le petit groupe descend sur les voies et marchent le long des rails comme des fantômes, ne sachant pas s'ils se trouvaient dans la durée d'un rêve, ils avançaient dans les souterrains espérant rejoindre la prochaine station et que le rêve finisse. Alors perdu dans les pensées confuses, le groupe semblait traverser les couloirs d'un immeuble vidé de ses habitants, quand au loin au bout du tunnel, semblait apparaître un interstice pour sortir du sombre de la nuit et projeter un quai éclairé, alors touchant le rêve du bout des doigts et marchant sur le quai éclairé et parcourant les couloirs interminables serpentant indéfiniment vers les froids tourbillons aveuglés par les pleurs, Aron s'émeut à la rencontre d'un saxophoniste qui joue du saxophone. Le petit groupe hypnotisé par les notes semble redescendre d'un long voyage.

Enfin la porte de sortie, dehors c'est le jour, le petit matin se réveille et Paris s'éveille ! La nuit n'a pas la même saveur pour tout le monde. Traversée par la tranche d'une lame aiguisée, Clarisse, Aron et Carl retrouve leur esprit, où se trouve Lina ! ? Carl culpabilise, des flashs lui reviennent par à-coups, il bafouille, il tremble, il a froid et il a faim, quelle angoisse que de croire que le cauchemar puisse être réel et plus le temps passait et plus Carl avançait reconstruisant ses pensées, et plus les doutes et la peur semblait peser pour faire grandir les remords, le vertige effrayait devant la fosse et la fosse semblait amplifier les souffrances devant l'absence de réponses.

A la recherche d'un commissariat pour chercher de l'aide, le jeu de piste s'arrête quand marchand tranquillement sur le trottoir, les trois rescapés observent une voiture quitter la route et s'écraser dans un McDonald's. A Paris, les fins de soirée sont toujours animées... Cinq personnes restent inanimées et la voiture commence à prendre feu, les gens filment la scène au téléphone à la place de venir les secourir... Voilà un des travers de l'époque ou à n'importe quel prix, les gens préfèrent faire le buzz que de sauver une vie. Personne ne connaitra le fin mot de l'histoire, le petit groupe trace vers d'autres chemins préoccupés par l'absence de Lina.

Le Parisien a beau avoir une tête de chien et passer son temps à se plaindre, il est bien souvent plus serviable que l'on ne peut le croire, surtout pour renseigner, car un peu chauvin parce qu'il aime bien sa ville, il se fait un plaisir de conseiller quand une personne demande son chemin. Suivant les indications d'une personne, à l'angle d'un boulevard, sortie d'une rue étroite, un commissariat est trouvé, et à peine pousser les portes qu'un flic manque de tabasser le petit groupe parce qu'impatient de faire la déposition, le flic a à peine commencer la journée qu'il est déjà dépassé... Quand tu bosses dans le public et que de bon matin on te chauffe les oreilles, cela paraît naturel de crier gare et de faire une colère, mais là les trois victimes sont doublement victimes...

Incroyable, un souffle de vie surprend tout le quartier, une émeute a lieu dans la rue et une meute sauvage de jeunes encagoulés pénètre dans le commissariat pour le braquer, des cris jaillissent des couloirs et résonnent dans tout le bâtiment, la jeunesse à fleur de peau met le feu au commico dans l'espoir de rien attendre d'autre que de casser gratuitement, voilà les rêves de la nouvelle génération, la jeunesse a de cela d'extraordinaire que de gâcher un potentiel, qui bien utilisé couperait la chique a plus d'un... Les jeunes sont surexcités à la recherche de drogues et d'armes, les armoires sont au premier étage, des coups de feu éclatent, le commissariat s'est transformé en western. On apprendra plus tard qu'un jeune banlieusard est mort dans des circonstances douteuses, en même temps si vous êtes flic, comment voulez-vous garder les mains propres en faisant régner l'ordre à l'encontre des principes de la nation, voilà toute l'absurdité du système...

La jeunesse est survoltée, sans doute que la raison du manque de perspective dans une société en mal de vivre, ne doit pas aider pour se sentir en paix. C'est l'anarchie, la bête monstrueuse change de forme continuellement et se transforme pour se mouler dans d'obscurs intervalles. La liberté et la justice sont en puéril parce que le problème, c'est l'inégalité, mais ce n'est pas en tapant sur quelqu'un qu'on règle les désaccords, et en même temps laisser faire et c'est la porte ouverte aux dérives. En fait le grand malheur de ce monde, c'est que les gens ne sont pas naturels devant leurs psychologies. Clarisse, Aron et Carl ne croient pas leurs yeux. Le commissariat est pris d'assaut, les vitres sont cassées, les distributeurs sont renversés, les machines à café, les imprimantes et les bureaux aussi, les affiches sur les tableaux d'affichage sont arrachées, le personnel lutte pour maintenir la tête hors de l'eau, les jeunes poussent le vice à l'extrême, des bagarres éclatent, du sang est versé sur les murs. Quel peut être le point de non-retour ou face à la négation de ce monde, la conséquence d'être devant le gouffre des lugubres psaumes, les jeunes préfèrent voyager de pays en pays, plutôt que de lire sagement assis sur une chaise ?

Tout à un prix dans la vie, le bonheur des uns fait le malheur des autres, c'est-à-dire que faire le mal par ignorance en cherchant la vérité, ou croyez-vous aller en défiant l'état et les lois ? La jeunesse a besoin de respirer, une révolution serait bienvenue, mais au fond, croyez-vous que cela changerait les choses. Le monde est beau même si tout le monde dit qu'il est pourri, et que très peu de gens respectent les règles, une minorité peut-elle tout casser ? Des gaz lacrymogènes sont tirés, la fumée pique les yeux, la foule court vers la sortie avec l'alarme incendie qui hurle dans les oreilles. Clarisse, Aron et Carl s'échappe une nouvelle fois parmi les cris et la violence, dehors est une naissance, l'air est respirable. Les trois victimes se pincent la peau pour voir s'ils ne rêvent pas.

Sur le chemin du retour, dépité et ayant retrouvé la maison, mais ayant perdu la voiture, les trois amis tombent comme des masses à bout de force, allongés comme des épaves dans le canapé.

A la télé, les infos parlent de tout ce qu'en une journée l'humain peut faire de pire, comme le vol, le viol, les guerres, la maladie, une émission économique explique comment vivre mieux en réduisant l'empreinte carbone, le nom est appelé « La théorie du Donut », un personnage explique que le but de la transition, c'est que l'anguille passe bien pour tout le monde, aussi bien pour le pauvre que le riche, sacré challenge...

Au bout du rouleau et inquiet de chercher des réponses, crevé par la faim et la soif, sans comprendre la nuit qui venait de se dérouler, les trois amis s'endorment.

A la fenêtre le film continue de tourner, nul ne sait ce qu'est devenu Lina. Venu à un concert pour se relaxer, la misère a frappé et le destin a été changé. De quelle folie peut être habitée la démence que de glisser de cauchemar en cauchemar ? Nul ne peut le dire, mais devant les peurs et même armé de courage, nous ne sommes pas tous égaux devant les événements...

Egaré.

Dans une vallée tranquille où la rivière prend sa source et descend le long des villages, les oiseaux paisibles chantent dans la forêt perchée dans les arbres, les papillons batifolent au rythme des danses des joies éphémères, les abeilles butinent les fleurs sauvages et dans cette nature extasiante, le temps semble écouter la durée pour étaler les ouvertures et repousser les limites, rythmés par les jours et les nuits d'été, alors quand entre le vent s'immisçant dans les arbres et pas dans les clairières, la lumière semble dessiner toutes sortes de contours entre le clair et l'obscur, et les ombres en mouvement d'une apparence fugitive dévoilent comme une beauté furtive, le bain mélancolique d'un oubli qui s'efface devant la chaleur ou se reflète la rassurante habitude de connaître les lieux. Tout semble glisser vers le cours irrévocable de la vie, les hommes, la faune et la flore, tous vivants ensemble partageant les espaces sans attendre autre chose qu'être au temps et de vivre les instants.

Dans cet amas de villages cheminant dans la vallée et bordant la rivière se trouve Eda, un petit bourg avec son clocher et ses 400 habitants. Là, vit une famille sans histoire, dont le père travaille dans le village à côté comme garagiste et la mère est femme de ménage avec un petit garçon en bas âge.

Le petit garçon s'appelle Yves, après l'école Yves joue tous les jours au ballon, parfois il se balance à la balançoire ou s'amuse avec Uki le labrador. Sous les journées ensoleillées, Yves mène une vie comme à peu près tous les garçons de son âge. La famille coule des jours heureux et le fait de se rendre compte de ce bonheur ajoutait encore au bonheur. Personne n'allait prévoir ce qui allait arriver.

Un jour comme les autres jours, un jour ordinaire pour une famille ordinaire avec son lot de haut et de bas, le petit Yves joue dans la cour de la maison et échappe à la surveillance des parents pour se retrouver de l'autre côté de la rue, à la lisière de la forêt et suivre le chemin de la rivière qui plonge dans les bois. Inconscient de haut de ces douze ans, Yves ignorant le danger s'enfonce dans la végétation, pour se perdre sur les sentiers de randonnée. Sans eau ni nourriture, Yves continue d'avancer longeant la rivière se sentant ivre de découverte devant le chant de la cascade. Arrivé sur place, le regard se noie à la surface des flots, il contemple la chute d'eau, les nuances de couleurs noyées dans les reflets se troublent et stagnent dans un mouvement figé comme si les images se résignaient d'être prisonnière d'une toile. Yves enlève ses chaussures et trempe les pieds dans l'eau, l'eau est fraîche, un sourire illumine son visage, alors revenu à la réalité et prenant conscience de la situation, sa mémoire le ramène aux instants. Une angoisse, l'enveloppe de frayeur à imaginer ne pas retrouver ses parents. Pris de peur, son cœur palpite et l'instinct semble réveiller les démons endormis. Étouffé par le chant de la cascade, Yves crie dans le silence de la forêt, Papa, Maman ! Papa, Maman ! Par une pulsion irraisonnée, il se met à courir traversant la forêt comme si perdre son sang froid et ne pas réfléchir allait l'aider à retrouver son chemin. Il court, il court mais en vain ! Il court pensant raccourcir le temps du cauchemar et ainsi trouver la paix. Voulant rebrousser le chemin, il s'aperçoit qu'il ne sait pas où il se trouve, Yves n'a aucune idée de comment retrouver sa maison. Isolé et bordé par les frênes, les chênes, les marronniers et les sapins, les arbres semblent l'effrayer davantage, le vent n'arrange rien, le crépitement des feuilles l'épouvante. Les fourmis, les guêpes, les sauterelles, qui d'habitude l'émerveille aujourd'hui l'inquiète d'être perdue. Essoufflé et à bout de force, Yves marche et la panique le submerge, la peur semble dévaler les pentes encore préservées, Yves imagine mille chimère plus terrifiante les unes que les autres, son jeune âge alimente sa créativité à déborder et inventer plus que ce qui est autorisé et ainsi voir le verre à moitié vide c'est-à-dire l'obscur qui s'émerveille face à son innocence. Terrifié, Yves se remet à courir, la peur comme un étau se referme dans l'horreur des grands arbres ou se distingue d'étranges quadrupèdes aux visages difformes et qui semble appartenir à un autre temps du monde. Les monstres abstraits sortis d'un film fantastique décuplent la peur, tout autour les silhouettes des branches chatouillent les points vulnérables, les frissons rencontrent les limites qui n'en sont plus car elles ont été dépassées, la lumière s'assombrit, l'orage tonne au loin et le ciel se couvre de nuages gris.

Yves continue de courir pour échapper à ces craintes, cela l'empêche de penser. Coupant à travers les chemins, les images s'accélèrent comme si le sol se dérobait sous ses pieds et qu'à courir il échappait à la fatalité. La brume se lève, un voile épais cache la vue, soudain Yves tombe dans un trou !

Yves chute d'une dizaine de mètres et miraculeusement il n'a rien sauf quelques blessures de surface, des petites coupures de rien du tout. Il fait sombre au fond du trou, entouré de roches humides, Yves est coincé parce que la falaise est trop lisse pour grimper.

Yves crie à l'aide mais au milieu de la forêt, seul et sans assistance au fond du trou, il désespère. Il tente de recommencer à escalader la paroi mais devant le mur, ces maigres forces l'abandonnent. La crainte le ronge devant l'approche de la nuit. A la surface en haut dans la forêt, il entend la forêt qui se réveille, des petits pas marchent sur les feuilles et toutes sortes d'animaux à la grâce différente semblent l'observer. Des grognements se font entendre et noyé dans la nuit, son regard semble percevoir des yeux brillants se déplacés.

Yves continue de crier dans le nihilisme de la nuit, personne !

Dans le ciel, les étoiles contrastent avec l'obscurité, un voile blanc habille comme une robe de mariée la lune et éclaire pour noyer le chagrin pour ainsi ravaler les tristes rancœurs.

La faim le tiraille, la soif le tiraille, son père et sa mère lui manque, Yves aurait bien besoin d'amour et d'aide, il aurait bien envie d'un steak frites, mais là, isolé et tombé dans cette crevasse, Yves laisse libre cours à ses émotions, il se laisse embarquer sur les chemins sinueux alors qu'il serait tellement mieux de ne pas tomber dans l'aliénation comme si perdu sur une plage déserte, seul et dans quel sens que Yves allait, il était impossible de retrouver le chemin et en telle circonstance de ne pas paniquer eût été comme dire « retiens-toi » ou « regarde le bon côté des choses ».

Yves tremble, les ombres sur la paroi s'agitent comme si des oiseaux picoraient son cœur meurtri et que tournoyant dans un étrange rêve, son œil ripait vers de mauvaises lectures, alors accroupi recroquevillé au fond du trou, les mains et la tête serrées autour des genoux, Yves ferme les yeux épuisés de fatigue.

Les parents découvrent l'absence de leur fils et mille peurs leurs passent par la tête. L'angoisse devant le vertige de ne pas savoir est horrible. Que lui est-il arrivé ? Yves s'est-il fait kidnapper ? La police arrive sur les lieux et prend la déposition des parents. Les recherches sont lancées en pleine nuit, les gens du village attristés campent devant la maison, chaque minute et chaque heure est comptée. Demain une battue est prévue à la première heure dans la forêt.

Quel peut être le désespoir des parents confrontés à la disparition de l'enfant ? Lorsque les idéaux s'effondrent devant le gouffre épaississant encore un peu plus le songe d'habiter en enfer, quelle est donc la motivation de voir les choses différemment ? Parce que s'évertuer à apporter la pierre à l'édifice pour bâtir un monde meilleur et que l'instant d'après, sans prévenir et sans explication, tout est balayé, comment gardé la tête froide ?

La hantise irradie dans la nuit.

Les parents sont dirigés vers un psychologue pour être pris en charge et la police poursuit l'enquête.

L'espoir s'amenuise de retrouver l'enfant à chaque minute de perdue.

Le jour se lève, Yves n'a pas dormi, il grelotte de nervosité. Il regarde à la surface l'azur du ciel espérant apercevoir quelqu'un et croyant voir une silhouette, il se rend compte que la fatigue lui joue des tours. Yves souhaiterait être dans le jardin de sa maison à courir et à jouer, mais il est là prisonnier de cette faille. Il appelle au secours et personne ne lui répond, l'écho à le timbre froid de la mort qui semble arriver.

Il est 8 heures, depuis l'aube la police coordonne la battue avec les gens du village et quelques gendarmes et militaires. Les équipes dispersées sur des positions bien précises passent la forêt au peigne fin. Les moindres espaces de la forêt sont découpés au cordeau afin de maximiser les chances de retrouver l'enfant, sachant qu'il serait bien d'insister au bord de la rivière et près des grottes.

Yves a peur, il pleure, car éloigné de sa mère, il voudrait l'enlacer dans les bras pour être rassuré. Il voudrait être libéré de ce piège, mais seul, il ne peut s'en sortir. Il s'ennuie à attendre l'improbable et déplore qu'il ne puisse changer le cours des choses. Yves regarde les feuilles soufflées par le vent tomber à ses pieds.

La matinée passe, soudain le bruit terrible d'un hélicoptère survolant le ciel l'interpelle, alors n'attendant plus rien d'autre que de croire que tout est fini, il se met à rêver de retrouver ses parents, sa mère, son père, sa maison, son chien et ses jouets. Une voix l'appelle à la surface, Yves lève la tête et distingue une silhouette, il n'en croit pas ses yeux et dans une excitation totale, il crie aussi fort qu'il le peut.

Yves est découvert !

Une équipe de sauveteurs se rend sur place, après une étude des lieux, un secouriste jette une corde dans la fosse pour descendre en rappel secourir Yves. Lorsque le sauveteur arrive, Yves le serre dans les bras, le sauveteur le rassure, il lui fait boire un peu d'eau et manger une barre de céréale. Le sauveteur lui explique comment remonter la paroi, il lui enfile un baudrier et lui dis qu'en haut sa mère l'attend, c'est simplement l'histoire de 5 minutes, regardes tout l'équipement est là !

Après une nuit agitée, Yves entrevoyait l'espoir tout autour de lui de ne plus être seul, une équipe avait répondu à son appel de détresse, alors remonté à la surface et sauvé, son visage s'éclairait à la lumière des hommes qui se félicitaient. Il était l'objet de retrouvaille et la joie se partageait comme une fête.

Yves retrouve ses parents, le bonheur débordait du grand jour, tout autour les oiseaux chantaient et semblaient relayer la bonne nouvelle d'arbres en arbres. Quel nid agréable d'échapper au danger et de revoir les siens !

Sur le chemin du retour, éprouvé, Yves se restaure encore. Il tient sa mère par la main, peut-être inconscient des peurs véhiculées, les images lui resteront comme souvenirs, mais il y a des histoires qui finissent bien !

Au loin, un rayon dorait la cime des arbres et les feuilles tachées d'or suspendues dans le vide se courbaient devant la gaieté des instants. Sans doute que cette malheureuse expérience servira de leçon, sans vouloir tirer une morale mais quand l'angoisse cherche à attirer vers le néant, il ne sert à rien de se réfugier dans les tourments, mieux vaut ne pas oublier que la force de l'amour est un filtre puissant. Yves a retrouvé sa famille et vit désormais paisiblement. Les jours se suivent, l'épreuve est passée et la vie continue.

La maison de paille.

Qu'est-ce avoir un chez-soi quand le prix du m2 à Paris dépasse l'entendement, c'est-à-dire que certains privilégiés payent 20 000 euros le m2, alors croyez-vous que le monde tourne rond ? Qu'est-ce avoir un chez-soi quand on voit les gens dormir dans la rue où se trouve la dignité ? Qu'est-ce avoir un chez-soi quand ceux qui ont un toit râle d'être malheureux à la place d'être heureux ? Qu'est-ce avoir un chez-soi et ne pas y habiter et avoir un chez-soi et ne pas connaître son voisin ? Qu'est avoir un chez-soi quand on tasse une famille de 6 personnes dans 25 m2 ?

Les inégalités se creusent et ce qui est honteux, c'est que les classes dominantes ne trouvent rien d'autre à faire qu'à accroître leurs autonomies à la place d'être solidaires et d'aider les plus faibles.

Dans ma maison, je lis, j'écris, je peins, je cuisine, je me lave et je dors. Dans ma maison, je suis à l'abri du mauvais temps, je m'habille de vêtements achetés sur les marchés, je danse parfois et j'écoute la radio. Dans ma maison, il fait bon les étés et les hivers passe tranquillement.

Comment peut-on se plaindre d'être propriétaire alors que beaucoup peinent à se loger et que les services sociaux devant les démunis leurs ferment la porte au nez. Il serait bon d'accompagner les déshérités pour soigner les blessures invisibles et réparer une vie dont la destination leur échappe, car vous savez bien que nous ne sommes pas tous égaux et qu'il y a trop d'inégalités. Ceux qui n'ont pas de toit ont peut-être besoin d'être aiguillés, ils ont peut-être besoin d'une présence qui les rassure et d'un peu d'humanité, car le monde devient de plus en plus individuel et si l'on rejette les valeurs collectives, que l'on préfère son petit confort à un monde meilleur ou le vivre ensemble serait plus harmonieux, à quoi ressemblera demain ?

Proposer des structures pour les gens rejetés, et pour les autres leurs donnés accès à l'autonomie pour qu'ils deviennent locataires, cela devrait être un devoir de fraternité. Pourquoi y'a-t-il autant de demandes de dossiers de logements en attente et que le chemin ressemble à un parcours du combattant ? Pourquoi les projets peinent à aboutir et que les finances sont difficiles à trouver, quand le budget en armée ou le budget en recherche obtiennent tous les feux verts ? Peut-être est-il préférable de donner aux riches que de donner aux pauvres, mais si la société exploite le pauvre, le vole et le loge pas, quel type de société est-t-on entrain de construire ? Les riches diront qu'ils se font raquettés et les pauvres diront qu'ils leurs manquent de l'argent, mais ne peut-on pas sortir de ces deux extrêmes et créer du lien pour mettre de l'eau à chaque étage de la maison ? Peut-être que les politiciens devraient s'interroger sur les besoins réels, car comment expliquer la flambée des loyers, et le nombre de logements vacants ?

La motivation entre les gens ayant un toit et les gens à la rue sont comme une autoroute à quatre voies ou le bitume sclérosé serait déformé par le soleil et que les chemins tortueux menant de l'un à l'autre, n'éveillerait aucune prise de conscience.

Comprendre que l'accession au logement passe

inévitablement par une demande de logement et qu'aux réponses négatives il faut répondre par des demandes ciblées, c'est déjà faire la moitié du chemin, mais la réalité c'est qu'il n'y a pas de place pour tout le monde !

Dans ma maison, j'accueille ma famille, les copains et les copines, mon chat y mène une vie agréable de chat et quand je regarde à la fenêtre et plus encore quand il pleut, je me dis quelle chance cette indépendance, car protéger des violences extérieures, la maison est un lieu propice pour la paix.

Y'a des non-dits qui dérangent, il y a beaucoup de douleurs qu'il est préférable de taire, mais comment trouver normal l'exclusion des moins riches dans le logement social ? Quels sont les critères, et les statistiques ils disent quoi, car rien ne bouge ? Et la remise en état des logements c'est comme un coup de pied dans fourmilière, les communes traînent du pied pour valider les travaux… Quelle est donc la capacité des villes à s'adapter, parce que les lois protègent les communes riches pour éviter les bails sociaux et bien-sûr, ceux qui font les lois sont les privilégiés, et au fond on va pas refaire le système, mais la mixité sociale vous en faites quoi ? Car si le riche ne s'intègre plus et le pauvre n'a plus d'horizons, qu'attendre d'une France qui se replie sur elle-même ?

L'homme est bon par nature, il est prudent et il donne, les liens apportent beaucoup et loin du calcul et du contrôle sur les choses, l'échange des hommes est à la racine des réussites, les exemples ne manquent pas et c'est bon pour la société, mais retiré le peu qui reste d'humanité et c'est la porte ouverte aux déviances.

Alors nous petits bourgeois qui nous amusons et qui nous croyons cultivés alors que l'époque nous ensemence de médiocrité parce que le divertissement alimente notre ignorance, prennont conscience que la solidarité est un atout pour le peuple. Il faudrait penser à unir les décideurs autour de la table pour trancher autour des questions qui dérangent. Si les propriétaires sont d'accord, c'est au social de trouver des réponses, car main dans la main avec les villes et prenant en compte que chaque département est différent parce que les populations changent d'environ 5 % par an, il est préférable de comprendre les enjeux et de laisser ça aux spécialistes.

Des gens pourraient rire devant l'ampleur de la tâche et se dire que les choses sont perdues, mais faire preuve d'ironie devant le fait de préférer fuir, que d'attaquer le monstre pour lui casser un bras, ce serait juste un peu plus de nonsens, parce que par l'action les choses vont de l'avant et il est bon que de croire en la démocratie du social, alors d'accord l'époque n'aide pas et que peut-être trop de gens souffrent du froid des hivers et qu'il est typiquement Parisien de jouer le gars frustré, mais trop de malheureux subissent la dureté du système et à cautionner la loi du plus fort pour écraser le faible, aujourd'hui il faut changer les mentalités, et se dire oui pourquoi pas, ce qui est recherché peut se trouver hors de la demande ?

Avoir un chez-soi, une grande maison ou on circule librement, c'est une ville propre, de belles routes et une mixité de la population de tout âge, toute ethnie et tout milieu social, alors mélangeons la boîte et le parfum révélera si la diversité peut être encore un moyen de voir, d'écouter et de comprendre, car tous les moyens sont bons pour gagner les faveurs, proposer des idées, des documents, invités à la rébellion, agir, avancer sans trop de questions et de réponses comme si la nuit était éclairée, tous les moyens sont bons car les témoignages sont flippants, trop gens sont au bord du gouffre et pleurent de ne pouvoir consumer la vie sans prendre en compte les problèmes, par exemple à quoi ça sert ? Combien de temps ça prendra ? Comment retrouver ma dignité ? La prudence n'est pas une peur mais le danger guette, car quand dans un pays démocratique si chacun se compare et développe de la méfiance à l'égard de celui qui l'environne, l'orgueil prend le pas et dans ce cas, mieux vaut avoir la sagesse de penser qu'il faut se méfier de nos vanités.

La générosité obscurcie les visages, les cœurs se tarissent devant les dons, pour certains donner à la famille est une histoire courante, mais donner avec les gens qu'on ne connaît pas, évidemment ça dépend de la relation. Il peut se trouver beaucoup d'obstacles sur le chemin, mais est-ce une raison d'abandonner le combat ? Est-ce normal que dans les H.L.M, les ascenseurs restent en panne et lorsque tu vis seul au 5eme étages il se passe quoi, parce que ça peut durer des semaines et c'est pareil dans toutes les grandes villes !

Les bailleurs sociaux sont dépassés par tous les frais à avancer, les non payés et les conflits de voisinage. Il est facile de pointer du doigt les problèmes et mettre en échec le système, mais y'a rien d'autre alors faut faire avec ce qu'on a, et la machine faut la nourrir de charbon, hors rien ne ce fait du jour au lendemain, le peuple n'est qu'une putain, l'échine à l'odeur de la sueur et les rondeurs mal rabougris appellent à l'hideuse connerie, sentez le baiser qui vient aux lèvres des gens de la bonne société, l'hypocrisie est la lumière blafarde d'aujourd'hui, mais la réalité du terrain rappelle qu'elle n'est pas un nid douillet !

La comparaison avec les Etats-Unis est le jour et la nuit car en France on a la sécu, mais comment améliorer le système quand il semble se perdre dans la nuit, parce que la trajectoire à sens unique vers un autoritarisme et des lois privant de liberté ceux qui en ont le plus besoin, à faire mordre la poussière au point que ce soit un idéal, quelles en sont donc les motivations ? Faudrait penser à transformer les regards et faire évoluer les mentalités, parce que si la violence et le rejet gagnent du terrain, le fossé va se creuser encore plus ! Certains ménages surendettés sont noyés par les crédits, des femmes divorcent parce qu'elles se font larguer par leurs mecs, y' a des hauts et des bas mais plus de bas, et la patience recule devant la force d'un collectif ! Est-t-il normal que deux tiers d'une ville soit admissibles aux demandes de logements sociales ?

Les projets prouvent quand-même qu'en cas de difficultés, les familles souhaitent conserver leur logement. Un chez-soi ne devrait pas à accueillir l'ennemi, mais plutôt à se reposer pour préparer les projets d'avenir ou à créer du lien et non pas attirer les ennuis ! Alors oui y'a des problèmes et faut pas avoir honte de les balancer, un pavé dans la mare ça peut changer des vies, sans avoir la prétention de vouloir changer les choses...

Au pied des peupliers.

Ce qui sur les chemins de campagne à se promener à travers champs, les fenêtres ouvrant sur les champs solaires d'une mystérieuse beauté, soufflant l'inspiration venue embrasser l'authentique d'une vérité murmurée à demi-mots, parce que l'angoisse des conséquences d'un monde schizophrénique, sous-entendu la poursuite d'un monde de consommation et d'une rentabilité à tout prix, appelle à l'humilité que de prendre conscience de nos actes et de se satisfaire du nécessaire, car le vrai, c'est-à-dire la réalisation de soi, ne se trouve pas dans l'accumulation autour d'un mode matériel, ou dans un monde artificiel dénué d'imperfection, mais le vrai se trouve en nous à cultiver un jardin intérieur qui n'aurait de limites que de glorifier tout ce qui nous entoure, et de remercier la générosité de ce que la vie offre et aussi remercier aussi les simples bonheurs, comme le fait la joie de s'épanouir devant la sauvage nature.

Comment penser qu'entasser dans une ville, perdu dans les méandres bitumeux d'un paradis artificiel, alimenté par toutes sortes de souffrances et de violences, peut-on imaginer être mieux qu'à la campagne à respirer le grand air, écouter le chant des rivières et marcher sur les chemins tortueux d'un paysage fantastique, révélant à l'esprit l'innocence d'une enfance, ou les souvenirs rappelleraient que les récits se vivent comme un voyage ?

Qui n'est jamais passé dans les Deux-Sèvres le sait, la foi, la vérité, le vrai et les désirs sont les raisons qui poussent l'itinéraire vers le principe que tout n'a été que partiellement découvert, et attendre plus pour découvrir davantage, comment sortir de chez soi et être émerveillé par ce que l'on ne pensait pas voir, c'est comme faire preuve de bonne volonté, alors ne rien y voir et confondre les louanges et les vaines paroles pour décrire la région, les chimères rationnelles ou abstraites ne pourraient que se résigner, devant la difficulté de traduire toutes ces toiles de peintre à ciel ouvert, car les nuances y foisonnent à merveille, découpant au cordeau, les terres humides parsemées de peuplier et de cyprès, les champs de tournesol tristement courbent la tête noyée de nostalgie et projettent le sentiment d'un manque d'eau, pourtant le champ illuminant de ces pétales jaunes rempli le cœur de couleur devant toute cette palette de soleil. Quelques oiseaux perchés au hasard de quelques arbres s'évertuent à répéter les événements, ils chantent à l'ombre des marasmes et recouvrent de gaité les quelques bois laissés à l'abandon par l'homme pour le plus grand bonheur du gibier.

Qu'il serait réducteur que de croire enfermé aux limites du terrain toute la beauté des Deux-Sèvres, car les paysages fascinants laissent l'empreinte que les limites sont faites pour être franchies et qu'elles sont celles ou l'esprit se reconnaît, mais la nature en dehors des conceptions et sans doute plus encore que le travail de la main de l'homme, offre l'abstraction esthétique loin des idées et des sombres calculs et sans doute a-t-elle beaucoup plus d'émotions à livrer, même plus qu'une troupe de saltimbanques jouant sur les routes d'Avignon.

Les vastes paysages, montagnes, mers et campagnes se mêlant à la météo, vents, pluies, neige et soleil, suivant les heures de la journée, révèlent ce que les mots ne peuvent enfermer dans une pensée, alors la rime semble danser sur le cahier de solfège pour jouer les assonances et laisser place à la méditation, là où la raison s'écarte devant les sens et là où la conscience reprend ces droits, le souffle caresse une chose indéfinissable, une sorte de pureté comme le regard observe le reflet des nuages sur la surface d'un lac lisse, alors la lucidité interpelle la réalité et il ne reste qu'à contempler la beauté, car elle se vit et quand chaque jour le défaut de croire de n'être plus émerveillé par le quotidien, il semble bon de tirer les images vers une action en avant !

Toutes sortes de clichés comme le volet ouvert d'une fenêtre ou la vue plongerait sur le spectacle de la vie, dévoilait les richesses d'un invisible et de la vie qui prend le dessus sur la mort. La beauté transcendante d'une simplicité mise en lumière par des arcs de cercles dérivant sur l'eau, à la légère puissance, qui après deux ou trois synthèses englobant la vanité de penser faire le tour de la question, l'enchaînement de circonstances d'être témoin d'un changement du cours des choses parce que passant d'un paradigme à un autre la bulle éclate et l'oiseau au pied du ruisseau s'envole, alors loin de la rupture devant la soumission d'une ignorance pour ne pas prolonger les instants, la tradition un pas après l'autre déroulait le rêve vivant pour apprécier toutes les vibrations, alors croyant maîtriser les ambiances dont l'esprit allait accoucher, les impressions se superposaient sur d'autres impressions et les atmosphères se dévoilait loin des hideuses et vaines constructions, au point de satisfaire un superficiel de courir vers un manque et de vouloir aller plus vite que l'ordre du monde, à la place d'écouter et de vivre l'excitation d'être face à l'inconnu.

La mélancolie se penchait pour alourdir le rêve parmi les ombres dessinant sur la cime des peupliers, la piqûre d'un scorpion venu arracher à de sa condition un amour désenchanté.

Les grenouilles sur le chemin sous la lourdeur des pas souillent le tapis vert, sautaient vivement cachées sous les hautes herbes pour regagner la rivière, les sauterelles bondissaient écoutant leurs instincts éduqués à la poursuite de liberté, les poules d'eaux s'agitaient fuyant le changement, alors le film semblait se développer sous la tragédie d'une idylle, que de dépasser le rêve d'un paradis perdu, c'est-à-dire de gagner le cœur d'une princesse et d'emboîter le pas d'un collectif noyé de fatigue par la longueur du chemin. Le rêve rattrapait la réalité et semblait dépasser les frontières des limites de l'humain. L'illusion masquée derrière le nombre des images se perdait dans de nouvelles illusions pourtant bien concrètes, plus naturelles, plus saintes et plus libres que le nombre de signes que peut croiser les gens de la ville.

La nature pleurait les sourires blessés de la folie des hommes et le soleil perçait sous le tapis des branches de la forêt le chant méfiant d'une expérience certaine.

Le son d'un clapotement de poisson sortant de l'eau réveillait les instincts endormis, quand regardant le paysage, le scintillement des étoiles à la surface de l'eau aveuglait de sa lumière les ombres chahutant sur les contours de la fresque et l'émotion d'observer un oiseau conduire les désirs comme un reflet devant le miroir, révélait l'intrigue sans en connaître la fin.

La poésie se respirait à plein poumons sur la fraîcheur des chemins, ou le bouillonnement exalté de toute cette vie mettant les sens en alerte, projetait l'action pour en défricher l'obscurité.

Il semblait que la sagesse régnait dans ce noyau de verdure ou de longues branches fines s'élevaient sur les hauteurs masquant la lumière naturelle et le tableau défiguré d'une armée de fourchettes à l'épaisseur profonde, laissait entrevoir le mystère, que de chercher à comprendre là où rien ne s'explique.

A travers le labyrinthe étrange des méditations, les ambiances défilaient toujours plus surprenantes, tantôt envoûtant les songes même avec résistance, tantôt infligeant la punition d'attendre pour retrouver l'harmonie parce que privé de lumière et contemplant un esthète dont le cœur n'accrochait pas la richesse, les sens se résignaient à emprunter la voie d'un rituel d'initiation, alors suivre le fil dans cette opacité et séparé des contextes qu'à cet instant précis vouloir être ailleurs, et le sentiment renvoyait vers un orage pluvieux pour recouvrir un arc en ciel de couleur sur chaque cliché, en gros l'intensité manquante d'un sentiment déchu, car le regard transformé en photo, la photo transformée en tableau et le tableau transformé en œuvre, semblait tuer le désordre pour remonter à la source et abandonner la triste illusion d'un voyage condamné, ruinant la dégradation d'un ensemble plus sauvage qu'intense.

Le mouvement ne semblait jamais complet, perdu dans cet ailleurs, le dessin esquissait l'envie de s'éterniser au beau milieu de cette nature, le bruit des feuilles des peupliers plongeait l'esprit pareil à l'écoute d'une cascade pour diluer le vrai du faux, alors absorber de clarté, dérouler le spleen d'un romantisme écorché, éclairait de voyance le chemin qui se présentait.

La nature s'éveillait et enivrait de ces rayons les bois tout proches, ou au bord de la rivière enfoncé dans la pénombre d'un mystère d'être parti faire un tour et de revenir au même endroit, les taches de lumière sur les nénuphars gardiens de fars pour les grenouilles qui s'abritent sous leurs croupes, soufflait péniblement le murmure d'un paradis rose.

Le vent absent à la fête se diluait dans les projections mentales des formes et des couleurs et la crainte devant la fragilité de toute cette flore immuable et cette faune de passage, grandissait à l'idée de quitter ce songe hors du temps, car la végétation égale à elle-même, assise à regarder les allées et venues des courtisans, tirait le cri d'alarme sous le regard des nombreuses vaches, des paysans et des croyants, que le monde s'essouffle à courir à la poursuite d'un bonheur illusoire, bien conscient d'aller droit dans le mur et impuissant pour changer de direction, alors la réalité épineuse projetait le chagrin d'un sol sanglant et d'arbres meurtris face aux absurdités.

Le manque de sagesse pourrait bien donner de l'appétit et nourrir le monstre hideux des mélodies nocturnes, alors prenez garde les amis des impulsions passionnelles, des passe-temps oisifs et des apparences cruelles, parce que la nature enfant mendiante d'un peuple de tyrans pourrait bien se réveiller pour jouer ces chefs-d'œuvre dramatiques, alors s'il est trop tard pour agir et trop tard pour effacer les désespoirs de changer les habitudes par toutes sortes de petits gestes du quotidien, les hurlements de la nuit pourraient rappeler le crime impardonnable du déni !

L'écume d'une déclaration III.

Le rocher dévale la pente pour emporter les espoirs sur la route des illusions, et trop vite le calme revient habiller les silences que l'éboulement continue les ravages. La météo souffle le mauvais temps d'un amour impossible, et pendant que le monde bat la mesure, à courir après le bonheur de chercher à avoir à la place d'être, les douleurs rattrapent ce qui vient de se passer.

Les pierres semblent boucher le passage, alors résigner devant le mur impossible à franchir, la musique fredonnait un appel pour me rassurer face aux doutes, et croyant que notre amour arrivait à son terme, nul ne pouvait l'imaginer, mais tomber du ciel comme un éclair foudroyant la terre, le sillon dévoilait par une joie intérieure la brutale livraison d'un acte spirituel, alors me redonnant espoir de voir parmi ses refus et son indifférence, la vanité l'enlaçait dans les bras, au fond je m'interrogeais si par péché d'orgueil, la malédiction viendrait à s'éloigner si comprenant la situation, elle recueillerait la bouée jetée à la mer, c'est-à-dire le souhait dont elle rêvait et qu'elle avait toujours désiré.

Libre de ses actes et de sa volonté, ou la reconnaissant par-delà les limites portées par les chants célestes au-delà des sensibilités, la justesse de ses sentiments se retrouvait dans le miroir des lisses pensées.

Comment admettre qu'elle choisisse tout ce qui va contre sa liberté, quand connaissant son esprit, et devant le fait de sortir de la cage pour s'envoler, elle préfère me retenir enfermée pour de faire renifler des odeurs de puanteur. Quelles sont les motivations de chercher à couper tout ce qui permet d'avancer, sachant que sa volonté libre plus que le droit, nourrirait des mets qui jadis elle dévorait, et qu'aujourd'hui elle espère retrouver quelque chose de parti, en refusant de laisser la porte ouverte ?

Regardes toi, tu vaux mieux que ce que tu crois, repousses la hideuse faiblesse de te laisser aller à l'apparente facilité. Allumes tes passions et aimes avec le cœur ! L'ivresse saigne pour avoir un baiser et étourdit devant les affreux dessins, nos pauvres âmes s'obscurcissent devant le joli ciel et honteux de nos rayons de soleil, les anges rient que les saisons s'usent devant notre infortune.

La découverte des mystères amène ordinairement les disputes, mais refusant de contrarier l'évidence, la conséquence du mutisme éveillait la houle à l'abord des récifs.

Ton regard perçait les gardes fous postés devant la cité et je me demandais quelle primeur pouvais-tu récolter d'une telle patience ? À te chercher et de voir fuir devant les désirs, est-t-il un goût plus triste qu'un amour désenchanté de continuer à vivre sans aimer ?

Il est un tour que de séduire une autre pour sentir que ce que tu veux t'échappes, alors sans doute qu'animé de jalousie, tu prendrais la mesure de ta chance de revoir tes stratégies, mais emportés par les vains désirs et un égo intransigeant à te croire au centre de toutes choses, même de l'univers, à te croire invulnérable, irremplaçable et plus que désirable, les lignes traçaient de naïves illusions. Pourtant espérant que tu vois en toi les clairs reflets du diamant et qu'accordant une confiance à une âme résignée, l'amour plus fort que la loose cheminerait pour contourner la tragédie d'un échec, mais l'assurance te manquait et sans vision, sans argent et avec trois sous de confiance, face aux vertiges de mes peurs, j'attendais qu'une chose, le feu vert pour sentir ta liberté m'emprisonnait.

Quelle drôle de règles que de me tenir à distance, toi si pure et si légère, toi à l'esprit sans frontières, tu t'handicapes à la jouer solo, mais écoute l'écho raisonné hurler à la vie et à la mort, marchons et abreuvons nos sillons !

J'imagine mille choses d'une histoire qui n'a pas commencé, alors si la conséquence est d'être déçu de l'amour d'un regard éprouvé suite à une expérience malheureuse, devrais-je maudire ce monde que j'aime tant et pour lequel j'ai tant donné, l'état sauvage de la nature rappellera sans doute que pour le bien de la communauté, il est plus sage de voir le verre à moitié plein, alors pourquoi décrire les lieux d'une beauté universelle, à la sensualité si raffinée, à l'odeur de lavande parmi les chemins de rosier et les chants envoûtants des oiseaux, si c'est pour traverser un pays plat sans saveur et sans goût ?

Accroupi, les yeux gonflés par les flammes, son absence cueillait dans la chambre pleine d'ombre, les nuits d'été à l'attendre, alors s'étendait sur la corde à linge mille songes, envoyant aux ruelles étroites son sourire éclairant le visage et nos échanges déroulaient le fil rouge d'une aventure à bâtir comme deux regards empruntent la même direction, l'un travaillant à la poursuite de ses rêves, et l'autre imaginant une passion réciproque à la manière de deux destins brisés faits pour se rencontrer, l'histoire de la belle et la bête version 2023, la femme martyre à genoux devant les fientes d'oiseaux et le fou échappé de la cour du lycée cherche un sens à ce qui ne s'explique pas. Les interprétations voyageaient parmi les hypothèses les plus diverses, mais surtout les angoisses du lendemain et les indiscrétions matérielles, c'est-à-dire le poids du portefeuille, alors sans prendre la mesure du bonheur, nous avancions sur les pentes de l'église Saint-Etienne-du-Mont et tu riais oubliant les problèmes, et te sentant fragile de par les blessures ouvertes d'une rupture récente à moitié désirée, le vide à combler de la force que tu semblais demander comme le pan d'un glacier fondu sous l'effet de la colère, le miroir de ma petite condition me renvoyait à me croire fort, alors que j'arrivais à peine à tes chevilles.

Pourtant, dans cette épreuve, tu surmontais les faiblesses sans ton excalibur, sans réelle joie et déraciné de ce qui te faisait avancer, tu te faisais une raison et peut-être était-ce la porte pour une remise en question, les sentiments à fleur de peau, tu libérais ton chien et c'était terrible de sentir ta grandeur défigurée par l'école de la vie.

Noyer dans la ville, le vent hurlait à nos oreilles les choix que l'on se refusait, le film se déroulait et je buvais tes paroles et comme un reflet à la surface de l'eau bariolé par l'atterrissage d'un oiseau, l'image se déformait et l'esprit paumé cherchait une branche à laquelle se rattraper, et plus j'essayais et plus je m'éloignais de l'objectif à atteindre pour m'enfoncer un peu plus à la lumière sombre d'un désir impossible de prendre soin de toi, et le temps nous rattrapait et la gloire d'un artiste devant la charité semblait être le poison de te désirer sans pouvoir te l'avouer. Nos cœurs ravalés espéraient l'impossible et que je te prenne la main, plonge dans les recoins de ton âme dans l'azur de tes yeux, je n'arrivais à rien et délesté d'un poids trop lourd à porter, tu m'échappais ! Toutes les choses à barrer sur la liste se floutait devant notre ignorance, l'ignorance de se quitter sans avoir tenté de s'aimer, s'aimer autour d'un verre de vin, s'aimer pour un rien, un rien du tout qui serait tout.

La mélancolie glissait dans nos veines et étouffait nos envies, elle de retrouver son chez soi et moi de te suivre, l'hypocrisie brûlait nos maisons de paille, le désordre allongeait les ponts de sucre et les frustrations grandissaient.

Insoumise, elle se résignait à m'écouter et au détour d'une rue, du miel sortait de ses lèvres pour combler de générosité un désir non assumé, alors infidèle telle une crapule parce que la clairvoyance tranchait comme la lame d'une épée, par pur plaisir et aussi par immaturité, je jouais au con de faire naître un caprice et je lui fermais la porte au nez.

Les choses auront-t-elles été autrement si j'avais été moins contrariant, pas sûr, les cartes sont dans ses mains, et qu'elles peuvent être dans son livre d'enfance les douces folies qu'elles imaginent, car je m'accroche aux maigres espoirs de partager ses rêves, à parcourir les territoires à pieds et à dos de cheval ailé, un monde vidé de son sens auquel le poète sur les plaines d'Orléans cueillerait sur le bord de la route, la vigne à peine sucrée, un peu de soleil tenu dans la main, la joie de sentir son parfum et la délicate conscience compréhensive. En somme un amour réciproque pénétré par les joies et les tristes échecs, mais regardant d'un œil neuf la décrépitude du monde.

Elle prenait le visage de paysages, de gens, d'objets, elle prenait la forme des habitants d'une ville et partout je m'étonnais dans les reflets de la découvrir syndicaliste, infirmière, carte postale ou armoire, car partout les signes se multipliaient, à la télé les publicités annonçaient le délai avant qu'elle veuille bien me contacter, est-ce la chaleur de l'été qui me tape sur le système, ou est-ce les signes d'un amour qui crie au beau milieu de la ville ?

Elle cambriolait mes pensées, mes désirs et mes rêves, je projetais à travers son image mille choses avec laquelle je m'autorisais de dire avec passion, il est possible de les réaliser. Le soleil brûlait tout ce que je regardais, les silences semblaient dénouer chaque problème et au fond de mon cœur, j'attendais l'instant ou le brasier allait s'enflammer, j'attendais qu'elle attise le feu et qu'elle jette son dévolu sur mes espoirs, afin de mieux la repousser et faire grimper le désir, et pour toujours la tenir à distance, je refroidissais ces ardeurs, parfois même je riais de ces ruses, alors que d'autres fois, je culpabilisais devant mon étroitesse d'esprit.

Je m'imaginais partager un restau en tête-à-tête avec elle, j'étais bien à la sentir près de moi, mais n'étais-je pas entrain de dérailler, que de croire en une amie imaginaire, je percevais toute la puissance, toute cette lumière dont elle m'éclairait, mais son absence me faisait froid dans le dos. Comment prendre au sérieux les rires de sentir une présence sans qu'elle soit là ? Je fonçais tout droit sans regarder dans le rétroviseur, le rêve de ceux qui rêve concerne ceux qui ne rêvent pas, j'étais esclave et soumis, je buvais de son eau, ma conscience se voilait la face sous la toile qu'elle tissait, les courants d'airs frémissaient aux chants assaisonnés des voyageurs essaimés par le convoi de ces envies, les routes se découvraient de petites subtilités à travers un geste, une attitude, le vrai et le faux se mélangeaient comme un bon vieux vin mêlé à un copieux repas, parfois les larmes chaudes coulaient sur mon visage, je l'entendais s'étonner et je sentais monter l'étincelle près à faire exploser le cratère du volcan.

A cet instant, j'aurais tout donné pour qu'elle soit près de moi, à vivre simplement le vrai sous la forme des sentiments les plus purs, sa volonté me donnait des ailes et je franchissais les montagnes et le petit ruisseau dévalait la vallée, les paysages coupaient le souffle, le ciel bleu élevait nos âmes et nous marchions sur les chemins de pierres, mais la vérité c'est que je n'avais aucune idée de ce qu'elle pensait, et de combien de temps encore j'allais l'attendre, peut-être riait-t-elle de mes fabulations, peut-être avait-t-elle d'autres intentions, elle récoltait les graines semées et la connaissant, j'imaginais bien qu'enlever la pellicule, tremper le noyau dans l'eau et faire pousser les racines, elle partagerait bien le même délire que moi, mais son coup d'avance, sa liberté, son ombre et mon être qui dépendait de ses choix doutait, devant l'aveugle obsession de croire être confiant dans cette situation improbable. Mais alors, ne serait-ce qu'un amour improbable ? Un vulgaire coup d'essai pour tuer le temps et l'ennui, un amour sans horizon comme une carte jetée au hasard dont la joie ne ferait ni chaud ni froid ?

L'onde communie et regarde le chemin parcouru, un chemin noir ou sort l'azur et dans l'écœurante chaleur, mon âme priait, tentant de soudoyer le bon dieu d'agréables auspices espérant ses faveurs sans trop de rancœur, espérant aussi un appel à enflammer les remparts pour commencer le siège, et plus encore, qu'elle dorme sur le lit douillet près de la main qui la nourrit, alors au pied du lit, elle savourerait les fruits de la corne d'abondance.

J'inventais le galion qui croisait les mers pour trouver la clé de son cœur, mais à la lisière des forêts de Saint Rémy de Provence, qu'attendait-t-elle de plus de ce cheval à ajouter à sa collection, quelle route souhaitait-t-elle pour son carrosse ?

Conscient de son pouvoir et tel un objet de son sac à main, je désirais être utile, mais elle seule avait les clés de l'énigme, son caractère impulsif n'avait de bon que pour éloigner l'indifférence, son intuition repeignait les erreurs en couleurs, elle condamnait le chagrin et me pénétrait de ses caresses, alors dans l'ivresse de l'illusion d'un baiser, le désastre se révoltait devant l'ennemi, les frissons soufflaient et j'espérais encore...

L'écume d'une déclaration IV.

Le danger de m'approcher du feu ardent de ton cœur, qui au-dessus des toits de la ville projetait les rayons solaires de l'intensité de la vie, c'est que plus je luttais pour repousser les sombres chimères, et les navrantes pensées me laissaient croire que notre histoire était sans espoir, et plus le danger grandissaient et les ronces poussaient aux bords du chemin barrant la route à une certaine félicité. Alors marchant sur l'herbe épaisse, les fleurs apparaissaient baignées de mille couleurs, je sentais l'envoûtement des chants communiants et les battements de ton cœur déroutaient les dernières victimes dévorant les plis disgracieux d'une bataille livrée à corps perdu.

Tout m'échappais, le poison glissait entre les doigts et la poésie meurtrie par l'ignorance de croire être arrivé avant de commencer, crachait les lignes noires d'une arrogance et fumait sur les tristes sentiers la mélodie d'un regret, alors baigner dans ce marasme ou la foule hurlait toutes sortes d'incompréhensions, les dégâts à refusés de me livrer entièrement me jetait dans un lac de désirs inavoués, et noyé de mélancolie, je souriais à contrecœur devant la peur d'échouer.

Tu enveloppais de fil l'arbre de mes pensées, la toile grossissait formant des boules recouvertes de lin blanc et le tableau attendait la morsure de l'araignée.

L'ambiance dessinait parmi la vive végétation une lumière pénétrant la lisière ou quelques oiseaux s'échappaient du bois pour s'envoler vers le ciel et croyant apercevoir le galbe d'une silhouette, derrière les branches vertes se découvraient la rivière. Le chant des oiseaux contrariait les affreuses pensées d'un carré rouge dont la cible est au centre et je m'interrogeais de percevoir que dans la nature, l'ombre est au centre caché entre la lumière et le vent.

Les notes bleues ensoleillées de baisers apparaissaient ici et là, et pourtant je continuais à te chercher, je doutais d'échouer et de perdre ta trace.

Mettre le doigt sur tes lèvres et t'embrasser au fil de la ballade et le voltige misérable d'un sentiment méprisant s'effaçait dans la couleur claire de la rivière.

Ton regard était le soleil de mes nuits et quand je plongeais dans la lumière d'en haut, les hirondelles dansaient comme au premier jour, mais tu sais le temps ça pourrit tout, alors quand vient l'ancre des pirates pour accoster le navire, je pleurais quand mes bras te cherchaient et qu'ils ne te trouvaient pas.

Ton visage emprunté de poésie parcourait les voyelles, la couleur de tes ailes esquissait sournoisement les larges grottes et failles des espaces, je crevais d'envie de te serrer dans les bras, mais toutes ces abstractions semblaient bien ridicules comme si pour toucher ton cœur, il existait qu'une manière alors incapable d'imaginer un autre scénario, tu m'échappais !

Ta fermeté n'avait d'égale que ton égo et pris au piège de tout perdre pour me libérer, je te couvrais de roses, de roses jaunes, de roses violettes, alors spectateur du jeu qui se déroulait, je m'apercevais de la pauvreté de ton amour. J'aurais déplacé ciel et terre pour que tu me remarques et plus je te donnais et plus tu prenais de la distance. Un brin masochiste, ton indifférence me tourmentait ! Tu réalisais de faire comme je te traitais, et avec une désinvolture non préméditer comme un reflet devant le miroir, tu me condamnais !

A l'heure des peintures idiotes, le verbe romantique trouait le ciel rougeoyant.

Je courais après toi et tu me fuyais comme la peste. Chat et chien, fille ou garçon dans la cour maternelle, le vice mêlé à la vertu prenait des formes mystérieuses.

La douceur t'emportait sur un lit de conneries et moi les yeux fermés perdus dans l'obscurité, je tentais de renverser le problème. J'avais le défaut de chercher à comprendre tout ton être à la place de valider tes envies, je sentais tes attentes dirigées à un endroit et incapable d'y répondre par manque de temps et des lacunes du fait de sortir des habitudes, je m'évertuais à ne pas voir l'évidence, et sans doute que ce n'était pas là l'essentiel et que tu voyais les choses autrement. Tu courais vers de l'indicible et je peinais avec mon intuition.

Pourtant si loin et étrangement si proche, je touchais le rêve du bout des doigts et la suite ne dépendait que de toi.

La marche en avant d'une étape enclenchée attendait ton accord, j'avais beau hurlé ton nom de toutes mes forces, l'écho semblait être le résidu de moustiques prisonniers de la lumière.

Tu fleuretais sur la ligne rouge à observer les changements et rien n'y faisait, ta passion semblait éteinte.

Dans le livre saint, il est dit que l'amour rend beau et heureux, mais où te trouves-tu ?

Crois-tu qu'on peut penser le vide ? Tu sais deux lignes

parallèles ne se croisent jamais, sauf si elles sont faites l'une pour l'autre, alors inscris l'itinéraire et je serais à ta rencontre !

Je désespérais parfois devant le vertige des combats, mes sentiments s'épuisaient devant les absurdités, il est si facile pour certains de tendre la main et de cueillir une fleur, alors à contrecourant de l'innocente simplicité, je m'orgueillais du chemin parcouru et au bout du bout devant la loi des hommes, j'acceptais encore les méchancetés et l'ignorance de certains, je me rassurais dans d'agréables pensées à me refermer dans une bulle, mais au bout du compte la feuille restait vierge et à faire des mains et des pieds, l'impression était de faire du sur place.

Tes coups pleins de confiance frappaient le cœur, ta mauvaise foi à trainer des pieds alors que le privilège d'être aimé chassait nos actes criminels, la perfection se brisait de croire en une image sophistiquée, alors dans cet élan merveilleux, le supplice continuait et sans comprendre l'objectif à atteindre, le supplice continuait, alors je tentais d'établir des degrés sur l'échelle du mal, l'aliénation me dévorait au passage de tes hordes et je me raccrochais à nos souvenirs en commun et je sentais ton intuition respirer toutes les choses qui m'entourais, je sentais ta volonté me dévisager, le mouvement de la houle retenait ces instincts, le mur de corail faisait tampon, tu renversais les prévisions et tes sensations près à sombrer tenait bon !

Il est si difficile de décrire toutes les scènes, cependant le spleen qui nous habitait semblait être une coquille de noix flottant sur une mer d'huile arrivé au bout du voyage ou privé de faim et de soif même les espoirs semblaient éteints, alors dérivant au gré des courants, les voiles orientaient vers un ailleurs et repoussant les limites d'un seuil dépassé lui-même d'une action qui devait arriver, les cris ne suffisaient plus à calmer les peurs, mais bercé par le silence du vide cette drôle de chose qui aspirait nos illusions, cela semblait emporter les honneurs. Les chants envoûtants appelaient vers l'horizon et dans cette affaire, nous étions tous les deux perdants.

J'angoissais d'être trop envahissant, alors chevauchant les songes ubuesques, le tigre perdu dans la forêt sans repère devant le décalage pour survivre parce que cela manquait de sens, la découverte pigmentée d'amertume avalait les choses pour les souffler vers l'extérieur, alors ayant compris que je ne résoudrais pas les problèmes et dans une résilience pas piquée des hannetons, je tentais de recouvrir de joie la tristesse, je sentais les démons me tirailler, et au firmament de l'aurore à l'apparition d'un soleil noir, j'envisageais d'abandonner ou de continuer, car la dernière lettre écrite annonçait la rupture avec l'espoir de te revoir. Les chiens même lâchés dans une soif malsaine, tentaient d'enfoncer le clou à me faire croire que la page était tournée et que l'articulation difficile était grippée, alors l'imaginaire reflétait sur la réalité les mensonges de paroles coupables des paradoxes de l'amour, c'est-à-dire ignorer les causes qui te déterminaient.

Est-ce le chemin irrésoluble de l'amour que de lancer les filets et de ne rien pêcher, car si on discute n'est-t-il pas nécessaire de faire des efforts ou au contraire le verbe s'aligne sur la pensée de la triste surface et l'intention se découvre pour ne rien donner ?

Il est navrant de s'attacher à une personne parce que l'on a des points communs et de la voir partir parce qu'elle n'accorde pas d'importance à ces valeurs, sans doute les actes empêchent pleins de choses.

Devrais-je dire ce que les gens pensent tout bas, que les conditions manquent d'énergie, que nos souffrances viennent d'un manque financier, que la force est perçue comme une faiblesse et que le confort que je lui offre ne peut la rendre heureuse, les gens refusent le vrai les apparences sont plus rassurantes, alors dans ces conditions conceptualiser un monde artificiel représente la singularité, parce que admettre le respect devant une âme inférieure lorsque l'on est une âme noble est une honte que de s'avouer mécréante, préférer le bonheur de vitrine à la place de s'épanouir en tant qu'être, est-ce une dimension universelle des gens qui se proclament avoir de l'esprit ou est-ce faire l'autruche devant la réflexion d'un bonheur authentique ? Est-ce cela la perfection que tu donnes à l'expérience ?

Au centre de toute chose, ton intention penche maladroitement à te croire indispensable, ta beauté écorchée avance dans la saison, encore belle et insouciante tu apprendras que l'on apprend de 7 à 77 ans, alors fermer la boutique et se retirer, crois-tu que ce soit la solution ? Je t'écris ce poème car je ne suis que poète et quel drôle de manège est donc la vie !

Au bout du chemin,
Une porte ouverte à la clarté du jour,
Sur le sol les balafres,
Le passage se réduit,

Et sur le rebord de l'abîme, les cris,
Le ciel baigné d'azur communie,
La fraternité navigue,
Et l'immensité vaste se perd à la frontière de la nuit ou la vérité symbolise la faiblesse,
D.M

L'écume d'une déclaration I.

Prendre le côté intense de la vie tel que se vêtir d'appartenance sociale, montrer sa puissance, ou posséder le prestige de s'émanciper grâce à l'art pour écarter la torpeur, cette sorte d'abîme qui s'épanouit d'une ivresse pâle sur les chemins sombres des champs profonds, alors que pouvais-je faire d'autres que de vivre pleinement sans tergiverser sur un monde en mal de raison d'être pour raconter une chance très spéciale, afin de questionner plus que d'apporter des réponses, parce qu'au fond une question me venait à l'esprit, que connaissais-je de mes envies ? Était-ce une ombre qui se racontait à la poursuite d'une bourrasque de vent, ou un désir habillé d'un manteau de laine prêt à gravir les sommets s'effaçant devant la brume, je voyais le bien et peut-être que je faisais le mal, alors dans cet espace sinueux aux formes muettes et sourdes, un visage semblait me regarder les yeux fermés et me renvoyait l'image d'une métamorphose et une multitude d'envies éclorait, c'est-à-dire le désir des choses les plus désirées.

Le désir de rester solitaire, je le balaie pour renverser cette eau sale sur le trottoir, car quoi de plus beau que de partager avec sa moitié le plaisir d'un moment contemplatif, ou quoi de plus beau que de s'ennuyer avec la personne que l'on aime, alors pardonne mes offenses parce qu'à couvrir le terrain, y user mon énergie et tenter d'éclaircir les illusions d'un monde troublé par les angoisses, c'était comme chercher une épingle en automne dans une forêt sous les feuilles, cela semblait dépasser mes limites comme être de l'autre côté, là où l'esprit se sent protégé, et la terre noire rêche et desséché appelait a repoussé les espoirs, la distance se rallongeait ou éloigné encore un peu plus de l'objet de mes désirs je m'interrogeais, ou étais-tu donc reine de sabbat, car le film un noir et blanc mettait à genoux les derniers remparts avant que la maison brûle et la maison brulait, et les flammes sortaient par les fenêtres et les murs s'écroulait, je te demandais simplement la liberté d'être assise à mes côtés, d'être heureuse et de danser devant la mélodie de la vie afin que l'on vive devant dans la paix.

Comment imaginer de vivre sans toi, car ça semble facile pour les autres lorsqu'ils vivent en couple de profiter du temps des cerises et de ne pas penser à la malchance de vivre seul, puisque protéger des tumultes de la vie par la douceur d'être aimé, la question ne se posait pas, alors quand la question vient frapper à la porte, et oser dire que sans amour la vie est supportable, n'est-ce-pas éloigner l'amour encore un peu plus, la distance de l'eau qui arrose mes désirs s'allongeait pour se perdre à l'horizon, et après tout privé de l'être aimé et conduire en ton absence, c'était un peu comme la posture du flamant rose qui se tient sur une patte pour pêcher, c'était le goût du poivre et du sel qui donne la saveur amer d'une infinie limitée.

Attendre devant l'espoir qui fait croire que les choses arriveront sans jamais arriver, c'était comme suspendu sur le rebord du monde espérant être secouru et n'être jamais secouru et plongé dans l'abîme le songe n'en finissait pas, l'enfant entendait le cri difforme lui venir à l'oreille et rien ne changeait pour prolonger le supplice d'une âme dans les profondeurs sombres insensées.

Savais-tu qu'en tant que geôlière, tu as les clés pour libérer mon cœur et que cet acte d'amour s'il se réalise, s'apparenterait à la colombe libérée de la cage pour s'envoler vers une terre inconnue, alors la conséquence serait qu'une pluie de neige s'abattrait sur la cité et la cité rayonnerait d'intensité pour rendre les gens heureux et les événements surclasseraient les angoisses pour illuminer les contours affreux de ceux qui n'osent pas être divulgués. L'amour comme une vague emporterait tout sur son passage surtout les tristesses et les joies, le mouvement à chaque instant grossirait et ensemble nous danserions sur le pont et je me perdrais dans le bleu de tes yeux, nous oublierions les souffrances pour vivre pleinement ce qui a de plus beau comme sentir le souffle de ton parfum et me reconnaitre en toi et toi en moi.

Mon désir est fait de liberté défiant les peurs et dépassant les frontières, il a la couleur du cristal, le poids, la taille, la pureté et la teinte du diamant, il chevauche à travers les déserts les steppes et à la lueur du soleil, mon cœur s'enlace devant ta bouche qui éteint les hivers, la fraîcheur de mon âme se réchauffait à la lumière de ton sourire, la mélodie chantonne au bout de la rue et demande à s'envelopper de tes silences, les chiens aboient et les caravanes passent, rien ne pouvait entraver notre destinée, j'avançais aveugle dans l'obscurité, mes bras te cherchaient dans la nuit, la distance parcouru n'est rien devant nos sentiments, le chemin se découvrait et au loin la couleur de l'automne éblouissait le paysage. A quel moment suivras-tu le fil rouge pour rejoindre ce que tu refuses comme idéal, ce lien invisible qui rit devant l'hypocrisie de ce monde, les gens semblaient d'accord pour ressentir les choses à ta place mais seul toi avais les clés, mon cœur perdu se demandait « Ou es-tu ? » et cherchait à retrouver le schéma pour avancer à deux, car le souvenir de nos doutes était le coquillage échoué sur le sable qui écoutait la mer, et devant chaque vague qui battaient comme le fouet bat les œufs, j'imaginais retrouver le bonheur pour effacer le malheur.

Ta sensibilité luttait sur l'océan fragile de tous les êtres à la fois, tu dérivais sur les rivières de cauchemars et lorsque tu croyais être à l'abri sorti des remous, tu apparaissais comme une ombre furtive pour disparaître, et tu tournais en rond, tu ramais avec vigueur et d'un regard désapprobateur tu abandonnais les rames à l'eau pour me susurrer que je suis l'homme de ta vie, mais à quel jeu joues-tu ? Révèles le fond de ta pensée, parles même s'il faut crier pour te faire entendre, écoute ce que tu sèmes, l'énigme t'accompagnait afin de retrouver la dignité parce qu'à combler un cœur, c'est-à-dire une bouche à embrasser, ta sensibilité si légère comme un coup de revolver prenait au piège avec ses charmes, ma fragile naïveté.

Si tu crois pouvoir te cacher, alors pourquoi me prendre dans tes filets. Que prépares-tu si fuyant devant ce que tu as de plus cher pour toi, le goût de la victoire pouvait se refléter dans le miroir. Tout n'est que parole et mon cœur pleure parce que dos au mur, tu es celle que mon esprit a choisi, j'aimerais te dire je t'aime, mais enlisé dans le marécage d'une maison à décorer et te cherchant alors, je sens ton œil regarder mais ton corps s'échappait.

La note jouée au piano semblait salée et je courrais essouffler luttant contre mes démons, déterminer à te montrer que rien n'était perdu, et à la merci des autres et de toi, parce que l'on n'a jamais ce que l'on veut dans la vie, je pensais qu'il était possible de courber le destin, parce que croire en notre étoile, avoir le droit d'être heureux, tu me tendais la main et cette petite chance à laquelle m'agripper décuplait mon amour et je sautais dans tes bras, je sentais l'étincelle s'allumer et faire battre mon cœur, la constance des assauts venait à bout de ta détermination et la glace qui alimentait ton foyer fondait comme la banquise en été.

Jette-moi la pierre si tu veux, je braverais les chemins escarpés des montagnes, élèves ta voix et je viendrais, pas pour te promettre mont et merveille, mais pour te rendre heureuse et à chaque moment comme une bataille à renouveler sans arrêt pour gagner la guerre et sentir le goût du citron sur tes lèvres comme une victoire, je me demandais si ce n'était pas un acte de foi, parce que vivre à tes côtés tous les jours, serait juste la morsure d'un plaisir partagé.

Rien de ce monde et du caprice des hommes, mais saches qu'il est sage de poursuivre ses rêves, alors oses t'accorder la chance d'embarquer avec moi vers un voyage sur le Nil ou la rive contraste avec le couché de soleil et ou la couleur du fleuve se refléterait dans nos yeux, ainsi nos espoirs accoucheraient loin des peurs de ne pas se reconnaître.

Comment croire prendre la place de celui pour lequel tu as tout donné et que la durée permettrait de rassembler les souvenirs, observes ce que la nature a à t'offrir, une chose prise pour une chose rendue, une place sur le canapé pour regarder la télé, une bouteille de blanc à partager, le besoin d'une présence, l'innocence déshabillerait nos frustrations.

Les signes prennent la forme du désir qui demande à germer sur la route bouchonnée d'un monde qui change, et calmer ton allure pour te donner confiance face aux vices de la société serait comme l'envol des sens, une spirale de couleur, une comète argentée entourée d'étoiles et l'oiseau coiffé de longues plumes rouge butinerait la fleur prête à s'ouvrir.

Prends ma main et avançons, oses dire merde au passé, calme tes ardeurs devant les envies de vengeance, la méchanceté n'a jamais rien réglé, souris à la vie et accordes toi la chance de vivre ce que tu souhaites, une vie légère survolant les tumultes. Viens retrouver ce que tu refuses à admettre, un amour du monde universel, une voie à sens unique pour t'envoler avec moi, là où les oiseaux blancs courent les paysages et le calme d'un trouble passé viendrait mourir sur le sable pour guérir les blessures des tristes vanités, viens écouter assise près de moi la mélancolie du sifflement du train et voir le long de la promenade au bord de la rivière, le reflet de nos émotions à la surface de l'eau, et pendant que le train cisaille l'horizon, le ciel si vaste et la lumière si pure nous accorderaient la clémence de pardonner nos péchés.

Ne sois pas orgueilleuse, regarde ton confort et apprécies ta valeur.

Peut-être connais-tu les jeux de séduction et qu'une âme noircie par les combats te rassurerait par la douceur de te sentir protéger, mais préfères-tu cette liberté à la joie de rester authentique, la joie qui te donnerait des ailes ?

Tirer sur la corde sensible pour prévoir ce qui arrivera semble si facile pour toi, mais avoues que tu préfères l'ennui à la passion d'exister, et que toutes les vérités que tu crois vrai sont le reflet difforme d'un miroir déformant.

Avance un peu avec ton cœur noir en piétinant les désirs de ton âme impur, prends ma main, nous changerons la couleur du ciel, nous partagerons les silences et dormirons sur nos deux oreilles, toi bergère et moi pasteur, nous marcherons sur les plaines auréolées de lumière, sans attendre rien d'autre qu'une destination à atteindre, la vie se vivrait à chaque instant, et on s'épuiserait à se comprendre parce que chaque phrase échangée, aurait la légèreté des lunes qui brillaient dans nos yeux.

Adultère.

Toutes les deux marchent sur le chemin longeant le bord de la Seine, les silhouettes légères et les cheveux volant au vent, elles avancent lentement le regard dévorant le paysage. La nature se réveille ou au loin quelques vapeurs brumeuses s'élancent pour se perdre dans le cadre comme une danse se donnant en spectacle pour finir dans un éclat un peu comme un soldat parti en guerre, alors la lumière du matin étincelle devant les rayons du soleil renversés par la surface de l'eau ou les lentilles disparates éparpillées ici et là rappelent les lointains souvenirs d'un voyage passé, et éblouissent provoquant la larme à l'œil, pendant que les sens en éveil devant ce désordre forment une harmonie et s'amuse de l'alerte face aux odeurs de pourritures, la vie suit son cours, en somme tout ce qu'il y a de plus commun pour les habitants, mais pas toujours perceptible à la juste mesure pour beaucoup d'entre nous.

Les deux jeunes femmes en robe longue au style décontracté échangent en laissant parler les silences, bercés par le chant des oiseaux et des bruits de la ville qui s'éveille d'une nuit sans encombre. L'amplitude des mouvements masqué par les formes de la robe qui sans arrêt flotte sous l'emprise du vent, fuit devant les espaces et laisse place à l'innocente sensualité qui accompagne les jeunes femmes.

Le bien être des balades matinales n'est plus à présenter car bien-sûr, prendre l'air pour respirer en se changeant les idées, tout en alliant l'effort aux sentiments de contemplation, la recette semble toute trouver pour conserver le moral.

Plonger le regard sur le panorama afin d'ouvrir l'horizon ou l'image se déploie à perte de vue comme une carte dépliée laissant le songe vogué sur la géométrie des terrains, alors les formes dévoilent l'abstrait et ainsi noyer dans quelques recoins, les ombres venus mourir à la lumière offre le découpage irréel mais pourtant bien réel de textures et de couleurs, parce que les arbres nus déshabillés par l'hiver, ajoute à l'ambiance le mystère, qui procure aux émotions une amertume légère.

Le vol des oiseaux caractérise la magie des instants comme dans un rêve. Tous sont synchronisés les ailes battant aux vents comme dans un ballet russe sous le rythme d'une douce mélodie et tournent par dizaine dans le ciel, ou le vent moribond chasse les nuages aussi rapidement qu'un chat qui traverse la rue et la déformation amusantes des nuages passant d'une casserole à un dragon et d'un dragon au visage d'une sorcière s'observe avec émerveillement. D'ailleurs comment parmi toutes les tentations de la société, les loisirs et le flou d'une vie trop remplie pour apercevoir l'essentiel, est-il possible de se détacher de la nature et de passer à côté de ce spectacle ?

Voilà donc le remède à la vie !

Toutes les deux, voluptueuse et enivré de plaisir marchent face au vent comme si libérer d'un poids, chacune se confessait. On dit que les plus grande discutions naissent en se baladant, mais grande ou petite discutions, il est toujours agréable de discuter en se promenant…

Les branches des arbres laissent filtrer les rayons du soleil. Quelle étrange sensation de se dire qu'entre cette étoile et notre marche, la végétation nous sépare, alors que voir le soleil briller et le croire tout près, il est à des millions de kilomètres. Les émotions des deux jeunes femmes semblent capter toute l'intensité de la simple beauté, simple beauté oui et pas sophistiqué car la beauté se livre authentique !

La journée ne pouvait mieux commencer.

Il est 9h, nous sommes vendredi 13, un jour comme les autres pour certains et un jour particulier pour d'autres. Les deux femmes se retrouvent au pied d'un arbre pour le rendez-vous, un arbre centenaire connu par tous les habitants de la ville, y'en a même certains qui pensent que l'arbre était déjà là pendant la révolution de 1789. Ensemble, heureuse et épanoui d'être bien entouré dans leur vie, elle savoure le plaisir des retrouvailles.

Eléonore, grande, distinguée, les longs cheveux détachés tombant sur les épaules portent la vie sur le visage, elle sourit toujours et son regard si expressif pétille d'une rare intensité. Son toc, c'est de tous prendre avec légèreté car l'humour est une arme redoutable ce qui peut être contraignant quand l'ambiance est sérieuse, elle préfère de loin la pitrerie à l'ennuie, elle est d'un naturel sage. Eléonore est curieuse du monde, cela se traduit par des questions sur le sens de l'existence. Connaissez-vous des personnes parfaites ? Ne serait-il pas beau de les peindre ? Hélas, tout le monde possède des qualités et défauts. Souvent malheureusement les gens s'intéressent plus aux défauts pour tirer parti des faiblesses, faut-t-il y voir un mal que de voir que la nature humaine qu'on soit riche ou pauvre, pense généralement dans ce sens-là ? Passons... Eléonore respire parfois l'arrogance de juger les gens pour ce qu'ils font et non pas pour ce qu'ils sont. A vouloir sans arrêt tout contrôler, elle s'éloigne des gens par manque de simplicité, alors les silences se peignent de mépris. Se taire, ça oui, elle sait y faire mais elle sait être aussi très bavarde. En accord avec le monde dans lequel elle vit, elle accepte les choses et s'adapte se nourrissant de toutes les contradictions que lui présente la vie. Eléonore incarne cette personne froide qui derrière le masque dissimule un sentiment de frustration, peut-être à cause d'une éducation trop laxiste. Malgré tout détaché de son passé, aujourd'hui Eléonore est bien dans sa peau malgré quelques rares crises d'angoisses.

Jennifer est de plus petite taille, la silhouette fine, elle est brune avec les cheveux court. Son énergie pourrait se comparer à une décharge électrique branché en continu, un peu comme la force d'une tornade lors d'une mauvaise météo. Jennyfer déteste que les autres l'appelle «Jenny», car dit-t-elle, cela la diminue, alors les gens par peur de devoir affronter son tempérament excessif l'appelle Jennifer. Sa vivacité d'esprit porte souvent son regard vers l'extérieur, avec un cœur en or, elle consomme la vie comme si chaque jour était le dernier, mais peut-être y voit-t-elle le revers de la médaille, car son ouverture d'esprit dénonce les abus d'une époque où elle ne se trouve pas être à sa place. Jennifer aime les gens et les gens lui rendent bien, elle croque la vie à pleine dent, en faisant des petits riens du quotidien un bonheur simple, cela lui donne une gaité essentielle pour palier à l'inconfort monotone des journées.

Les deux jeunes femmes cheminent au fil de l'eau, ou quelques cygnes flottent dans l'eau à la recherche de nourriture, la lumière par instant s'aventure au-delà d'où peut porter l'imagination et les compositions conceptuelles des lignes fuyantes tel des arcs gondolants dans le fleuve qui tanguent dans un éternel recommencement, arrosées par le souffle du vent pour finir s'effacer dans une ennuyeuse cadence et se perdre du clair vers le fondu, et ainsi peindre de contraste un décor s'évaporant derrière d'obscures manifestations dont l'énigme restera sans réponse, alors l'impression de cette masse mouvante, laisse à l'esprit le songe d'un rêve éveillé. Les images capturées des couleurs environnantes autour du fleuve, projettent mille émotions ainsi portées par les silences et la paix, Eleanor et Jennifer semblent échouées hors du temps.

Soudain, dans ce calme baigné de plénitude, surgit au milieu d'une conversation un froid glacial, comme si une sensibilité avait été heurté et que le silence parlait pour dénoncer. La tension se dessine comme les pinceaux du peintre remplissent les espaces de la feuille blanche. Un passage entre la confiance et le doute accouche pour faire naitre la confusion. Les deux jeunes femmes s'observent attendant une réaction chez l'autre. Les émotions semblent figer sur les visages de façade alors que les attitudes semblent torturer devant les gestuelles.

Eleonore désarçonné par la situation semble plonger dans un inconnu dont la peur la rend orgueilleuse. Une peur frêle s'imprime devant la trahison. La crainte que le secret soit mis à jour la dérange, car elle ne supporte que très rarement entendre la vérité. Son amie la regarde stupéfaite, elle qui lit si bien dans les âmes, elle a percée à jour le secret !

Eléonore sombre dans le mutisme, la honte l'a submerge comme un bateau renversé par une tempête, son visage change de couleurs, ces lèvres se pincent et par une fierté démesurer, elle refuse bec et ongle de reconnaitre ces torts quitte à faire preuve de mauvaise foi. Quelquefois, elle essaye de sourire mais rattraper par ces démons elle se résigne, pourtant coute que coute, elle qui aime garder le contrôle sur les choses combat contre elle-même pour garder la tête hors de l'eau, après tout pourquoi faiblir face à ces pensées quand la défaite est assurée ? Elle d'habitude froide et distante et d'un humour décapant, joue petit pour sauver ce qui reste à sauver.

Les deux jeunes femmes continues de marcher. Les oiseaux planent dans le ciel comme des aviateurs. Sur le chemin les sentiments se libèrent, l'invraisemblable semble prendre forme, l'empreinte s'habille d'animosité, une dualité semble se créer, le vent souffle et les nuages cachent le soleil, l'ombre avance recouvrant l'innocence, les silences traduisent l'attente d'un procès, les esprits s'échauffent et le bouillonnement éclate !

(Jennifer) _ Comment as-tu pu me faire ça ! Couché avec mon mec, ça fait combien de temps qu'on se connait ? Avec tout ce qu'on a vécu ensemble, comment as-tu osé ?

Eléonore piétine devant toutes les preuves avancées. Comment sortir d'affaire ? Eviter de répondre, fuir, mentir ? Il lui est bien difficile de gérer…

Un chat surgit de nulle part traversant le chemin pour rejoindre un talus. Une rafale soulève un peu de terre du sol, les deux jeunes femmes perplexes se regardent. Que peut-t-on percevoir au fond de l'âme quand l'œil plonge chez l'autre pour y lire les plus profondes intentions ?

Les hommes sont nombreux à commettre l'adultère, mais venant d'une femme est-ce plus indigne ? Peut-être qu'Eléonore avait besoin de se prouver qu'elle était encore capable de séduire, mais la femme de son amie et à son âge, vous pouvez le croire ? Jennifer est en couple et marier depuis dix ans... Comment rester amie après ça ?

Eléonore semble frapper par quelque chose qu'elle cherche à cacher mais ce n'est pas de la culpabilité. Vivre avec une épée Damoclès au-dessus de la tête et en toute bonne conscience se croire innocente et dans son bon droit, quel drôle de monde que l'époque d'aujourd'hui.

Les deux jeunes femmes se déchirent. La passion pour un homme a de cela de vertueux de mener les désirs sur les voix de l'amour, quitte a oublié les règles du jeu, mais est-ce bien raisonnable de briser un couple et de se donner à l'autre sachant d'avance que la relation est perdu ?

De la confiance à l'amitié, la relation se détériore. Sur le chemin de terre les mots perdent de leurs sens, la communication se fige. Le courant glisse le long du fleuve et semble aspirer les hostilités. Chacune camper sur ces positions ne bougent plus, elles se rejettent la faute, n'écoutant plus les explications de l'autre. Les visages se tendent, les corps se raidissent. Eléonore ne pouvait-elle pas résister ?

Dans l'imaginaire collectif, l'amour n'est-t-il pas cet étendard à porter au prix de n'importe quel sacrifice, n'est-t-il pas tragique de le voir périr entre la douleur et l'échec ? Que se cache-t-il derrière cet acte ? Est-ce un choix de vie de tous remettre en question, parce que complexifié à la place de simplifié, sous l'effet de la volonté pour assouvir une pulsion, est-ce une limite donnée à tout le monde ? Eléonore se laisse attraper, elle se fait fouetter par la none et la folie gangrène du haut de son vertige la cathédrale.

Jennifer n'en revient toujours pas, son amie l'a trahi. Elle bouillonne sur tous les mensonges et tous les silences. La fragilité de son couple n'est plus à remettre en question.

Que va-t-elle faire une fois rentré à la maison lorsqu'elle va retrouver son mec ?

Les deux jeunes femmes continus la promenade, le bruit des pas sur les chemins glace un peu plus l'ambiance. L'une cherche ailleurs la solution pendant que l'autre s'égare dans les contradictions.

L'espoir d'un retour à la normal semble s'éloigner.

Les douces caresses du vent sur la peau s'attardent, embrassant de sa fraicheur les âmes meurtries, les bras ouvert, le souffle enlace l'amertume des jeunes femmes.

Un écureuil perché dans un arbre saute d'une branche à l'autre et attire l'attention le temps d'un instant, la seconde suivante il disparait noyer dans la verdure.

L'odeur du fleuve réveille les sens endormis. Les rangs de bouleaux mêlés aux rangs de peupliers ou les troncs alignés le long des berges et baignés dans les eaux semble rester immuable comme les gardiens du temps face à la tranquillité du fleuve, alors rassuré, la paix berce les âmes de sérénité comme un repère loin de la frénésie de la ville.

Comment Jennifer, une femme si belle qui en impose, a-t-elle bien pu se laisser abuser ? Quand les choses ne dépendent pas de soi, il est difficile de se sentir responsable, pourtant Jennifer est rongé par le remord.

La ballade dure, trop longue même pour continuer, pourtant les deux jeunes femmes marchent cote à cote.

Perdu dans ces pensées, Jennifer est ailleurs, peut-être dans les sombres méandres à tenter de justifier l'injustifiable, mais c'est trop tard, les faits sont là, le couperet est tombé ! Jennifer n'a que ces yeux pour pleurer. Hier encore son mec l'embrassait assis dans le canapé, il lui serrait le visage sur son cœur, caressait ces cheveux, il l'avait invité au restaurant, ils partageaient tous, la maison, les factures, les rires et les engueulades, mais alors quelle est cette façon de se comporter quand récitant un amour, le fléau est percé à jour et se pare de perversité ? Jennifer examine ces timides sentiments, la rage lui vient, la colère aussi.

Jennifer se rassure en excusant l'injustifiable, comment voulez-vous qu'un homme pense différemment de sa condition, c'est bien connu, la faiblesse de l'homme se trouve dans le regard des femmes. Pensez-vous que malgré tous les souvenirs communs, toutes les promesses partagées, la destinée était vaine ? Et si il lui venait l'idée de se venger car elle aussi a droit au plaisir, comment réagirait son mari, lui condescendant, se cachant derrière quelques bonnes manières mais heurtant Jennifer dans son dos ? Et puis faire tout un plat pour un homme qui ne le mérite pas, ne serait-ce pas là une sage décision ?

A la recherche de réponses, Jennifer tente de faire preuve de dérision, car après tout l'humour n'est-t-il pas un outil formidable pour prendre de la distance ?

Dans ces moments, il est bien triste de découvrir la lâcheté. Corrompre le mariage par le péché absolu de forniqué dans le jardin de la voisine, quelle serait cette image du bon Dieu que de voir à quelle lubricité se livre les couples d'aujourd'hui ?

Et le sacrifice dans tout ça, Jennifer après tant d'abnégations qui aurait donné n'importe quoi pour son mec, elle qui passait ces intérêts après, qui toujours proposait des idées et suivait sans rechigner, elle se découvre face à l'abime d'un monde nouveau, devant le vertige d'un égoïsme sans nom et sans visage, blessé par l'amour propre d'un mari pitoyable, que faire ?

Le jour où son mari rentré d'une longue journée à couvrir des conférences à lutter pour des causes écologiques, Jennifer s'aperçoit d'une trace de rouge à lèvres sur le col de la chemise de son homme et d'un parfum différent, un parfum à l'odeur peut-être plus fruité que d'habitude, ressemblant à de la framboise et que le questionnant, son mari se terrait la tête dans le sable à faire l'autruche en ne répondant pas aux questions, son attitude s'évertuait à fuir...

Le doute était jeté !

Il lui parlait de choses sans consistances, de choses légères et semblait parfois lui confier quelques secrets pensant par-là, qu'à l'écoute de ces désirs, le contrôle paraitrait plus facile. Jennifer naïve et de bonne foi ne s'apercevait de rien, malgré tout avec quelques doutes étalés sur le temps, la suspicion commençait à gagner du terrain.

Est-ce que mon mec me trompe et avec qui ? Est-ce une personne que je connais ?

Les deux jeunes femmes cheminent sur le parcours, les couleurs du soleil illuminent les paysages bordés par le lit du fleuve, les contrastes à la surface de l'eau se déplacent, jouant sur les formes et se métamorphosant sur les espaces. Les crispations sur les visages se resserrent, l'ambiance est tendue.

Eléonore et Jennifer cherche à dénouer les liens qui les fâchent.

Le doute est confirmé, après tout, Eléanore est plutôt attirante, sa silhouette longiligne fait d'elle une rivale parfaite, mais le problème c'est son mari, comment Jennifer a-t-elle pu s'attacher à un tel homme ? Car le connaissant avec une culture assez superficielle, parce que mépriser le contenu au dépend du contenant, après réflexion cela ne la surprend guère, mais trahir la confiance comment a-t-il osé ?

L'amour est-il toujours tragique comme si pour exister, souffrir était une raison d'être ? Affirmer dévorer la vie, affirmer aimer à la folie et voir fondre les espoirs comme du sable s'échappant du creux de la main pour être souffler par le vent, quelle dérision... L'existence ne peut-elle que se révéler au terme des douleurs ou alors tout n'est que vanité ?

Pourquoi croire que le romantisme s'apparenterait à un attachement plus fort de la femme envers l'homme que l'inverse, ce qui est sûr c'est que la femme est bien plus généreuse, plus attachés aux choses légères et qu'ainsi abandonner sans réserve, l'homme profite de la situation, alors là est le danger, d'être incapable de se décentrer et de tomber dans le piège de la condescendance.

L'homme chérie les guerres alors que la femme fait de sa vulnérabilité un atout, cela peut être complémentaire mais quand le lien se brise, quelle sont les conséquences ? Voilà tout le paradoxe de se sacrifier et si l'homme trahit la confiance, la femme perd deux fois la partie.

Les deux jeunes femme continus leur chemin, tantôt le regard levé vers le ciel, tantôt le regard baissé à regarder la terre, l'air est bon, quelques bourrasques de vent rafraichissent les visages, le soleil reflète sur les contours du paysage les contradictions des couleurs et l'atmosphère calme du lieu contraste avec la tension du moment.

D'un bout à l'autre de l'existence, la vie révèle ces surprises, car comme le cours du fleuve, le fleuve cherche à sortir de son lit, mais quitter sa trajectoire éloigne de la vérité, est-ce donc là une finalité ? Le long chemin d'une vie à deux peut-elle se poursuivre sans escarmouche ?

Les mouettes volent au-dessus du fleuve en virevoltant dans les airs fendant le panorama, le fleuve s'illumine quand quelques nuages s'écartent pour laisser passer les rayons du soleil, alors les émotions comme un frisson parcourant le corps s'apprécient, l'intensité des sens au contact de la lumière sculpte la frivolité des instants pour en tirer à juste titre la primeur et dans une triste résignation, les regards percent au loin les flots de verdure qui semblent s'évanouir dans le bleu du ciel.

Qu'il est dérisoire de prendre ce monde trop au sérieux.

Les deux femmes pérégrinent détacher des enjeux sachant que sans doute elle ne se reverront plus.

La coexistence avec les autres dans la réalité n'est pas toujours un fleuve tranquille. La maison accueille d'accord, mais à vos risques et périls…

LES AUTRES LIVRES DE DAMIEN MOHN

. La vie en fleurs (Recueil de nouvelles 2019)

. Les oiseaux et autres nouvelles inquiétantes (Recueil de nouvelles 2020)

. La guigne et autres nouvelles palpitantes (Recueil de nouvelles 2021)

. Les récits de mon moulin (Compilation de recueils 2021)

. Les contes d'un voyageur sans bagage (Recueil de nouvelles 2022)

. Le tumulte et autres contes (Recueil de nouvelles 2022)

. Sous le soleil de Valencia (Roman 2022)

Printed in Great Britain
by Amazon